KB183914

탄소 중립으로
회사를 살린 아이들

소원어린이책 · 25 문학
탄소 중립으로 회사를 살린 아이들

초판 1쇄 발행 | 2024년 12월 20일

글 | 다온샘 · 용용샘 · 몽몽샘 그림 | 성원
책임편집 | 한은혜 책임디자인 | 권수정
편집 | 한은혜 · 양현석 디자인 | 강연지 · 김보경 마케팅 | 한소현 경영지원 | 유재곤
펴낸이 | 이미순 펴낸곳 | (주)소원나무
주소 | 경기도 고양시 덕양구 으뜸로 110 힐스테이트 에코 덕은 오피스 2동 603호
전화 | 02-2039-0154 팩스 | 070-7610-2367
등록 | 제2021-000180호(2021.09.30)
제조자 | (주)소원나무 제조국 | 대한민국 대상 | 8세 이상

ISBN 979-11-93207-77-2 74800
세 트 979-11-93207-00-0 74800

* 이 책에는 KoPubWorld체, 62570체, KCC도담도담체, ONE 모바일체, 프리텐다드,
구미첨단산업체,낭만있구미체, 리아체, 아싸컴 무료고딕, 학교안심체가 적용되어 있습니다.
* 소원나무는 녹색연합을 후원하고 있습니다.

소원나무 홈페이지

소원나무는 한 권의 책 속에 우리의 꿈과 희망을 소중하게, 정성스럽게, 웅숭깊게 담아냅니다.

탄소 중립으로 회사를 살린 아이들

글 | 다온샘 · 용용샘 · 몽몽샘 그림 | 성원

소원나무

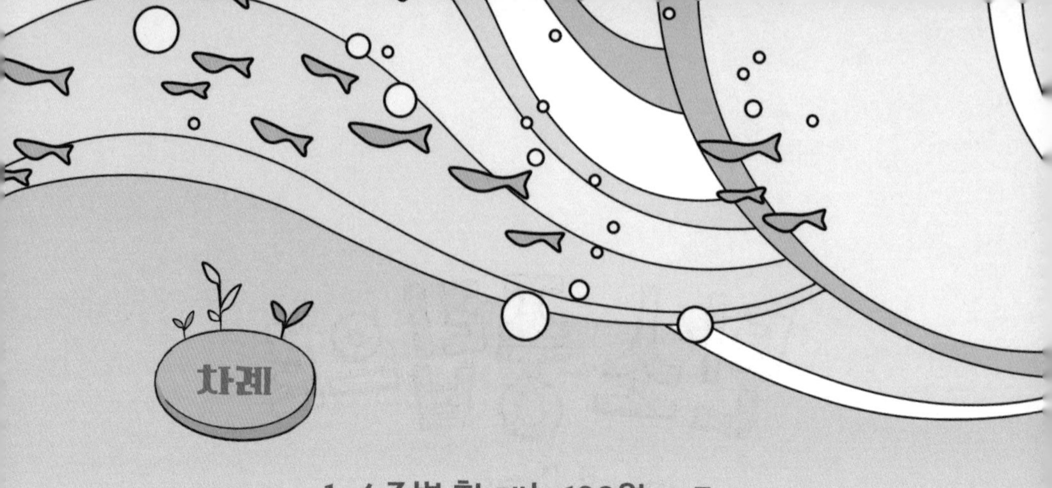

차례

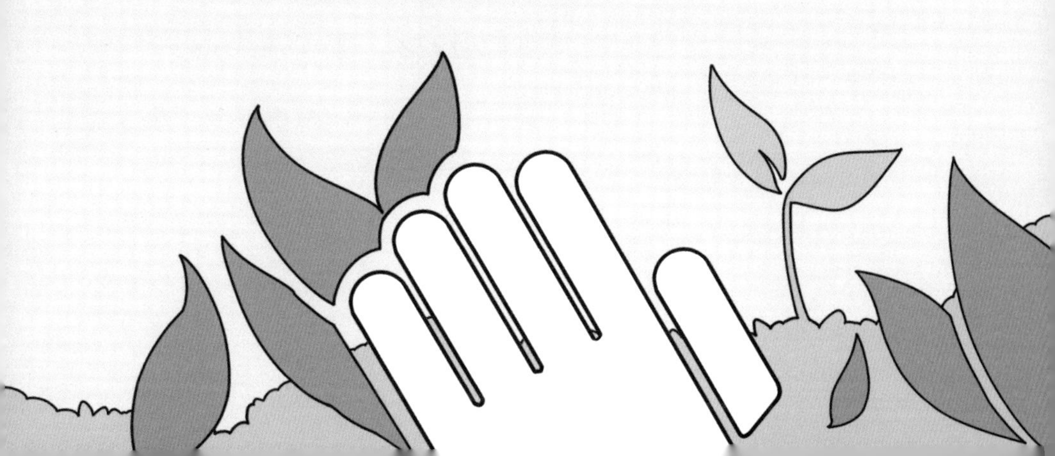

일러두기

이 책에 나오는 등장인물, 지명, 기업명, 그 밖의 모든 명칭, 배경, 설정 및 사건은 허구로 창작된 것입니다. 특정 이야기에 나오는 내용은 실제 사건에서 영감을 얻어 재창조한 이야기임을 밝힙니다.

소주병 한 개는 100원

민아네 엄마와 나의 엄마는 문주 병원 산후조리원에서부터 알고 지내던 사이다. 민아가 네 살 때 이 동네로 이사를 온 뒤부터 우리는 더욱 가까운 이웃이 되었다. 엄마들이 집을 오가면서 친하게 지내다 보니 나와 민아도 자연스럽게 친해졌다. 오늘도 평소처럼 민아와 함께 등교하는 길이었다.

"지안아, 오늘은 공원으로 지나가자."

"그래."

공원에 들어서니 벤치 위에 빈 소주병과 과자 봉지가 널브러져 있었다. 민아는 보물이라도 발견한 듯 그 앞으로 쪼르

르 달려가더니 소주병을 냉큼 주워서 가방 안에 넣었다.

"윽, 더러운 소주병을 왜 가방에 넣어?"

나는 인상을 찡그리며 민아한테 물었다.

"공병을 복마트에 갖다주면 100원으로 바꿔 주거든."

"100원으로 뭘 해? 아이스크림 한 개도 못 사는데."

"네가 뭘 알겠니? 나의 큰 꿈을."

"그럼 이 과자 봉지도 넣어야지!"

"노! 소주병은 돈으로 바꿔 주지만 그건 아니거든."

"가방에서 소주 냄새가 날 텐데……."

"괜찮아. 지퍼 백에 넣었으니까 냄새 안 날 거야."

민아는 한두 번 해 본 솜씨가 아니었다. 나는 고개를 절레절레 흔들며 과자 봉지를 집어 쓰레기통에 넣었다.

학교에 도착 후, 곧바로 수업이 시작되었다. 1교시는 창의적 체험활동 수업이라 아이들이 『어린이 경제 이야기』 책을 꺼냈다.

"여러분은 지금 저금을 하고 있나요? 만약 돈이 많이 모인다면 그 돈으로 무엇을 하고 싶은지 각자 공책에 적어 볼까요?”

담임 선생님이 커다란 돼지 저금통 사진을 보여 주면서 말했다.

“우아, 저 돼지 저금통 크기가 내 머리만 하다!”

민규가 자기 머리를 만지면서 장난스럽게 말하자 아이들이 깔깔 웃었다.

“얘들아, 저 돼지 저금통에 돈을 꽉 채우면 얼마나 될까?”

예린이가 친구들을 향해 묻자 선생님이 싱긋 웃어 보였다.

“선생님이 여러분 나이였을 때 저만한 돼지 저금통을 꽉 채운 적이 있어요. 100원, 500원짜리 동전으로 꽉 채웠는데 세어 보니 10만 원이 넘었어요.”

선생님이 어릴 적 경험을 이야기했다.

“선생님, 그러면 10만 원이 모였다고 생각하고, 그 돈으로 하고 싶은 걸 적으면 되나요?”

민아가 손을 들고 물었다.

“야! 송민아, 고작 10만 원으로 뭘 할 수 있겠어? 선생님,

그러지 말고 우리 100만 원으로 해요!"

연호가 짓궂은 말투로 나섰다.

"그래요, 우리 통 크게 100만 원으로 해 봅시다."

선생님이 웃으며 대답하자 아이들이 박수를 치며 좋아했다.

"저는 쇼핑몰에서 이번 시즌에 새로 나온 운동화를 사고 또 평소에 갖고 싶었던 스마트폰 케이스를 살래요."

평소 꾸미는 데 관심이 많던 예린이가 손을 번쩍 들었다.

"저는 친구들이랑 네버랜드에 가서 놀고 다음 날에는 만화 카페에 갈래요."

이번에는 놀기 좋아하는 민규가 나섰다.

"저는 푸스카 주식을 갖고 있는데 한 주 더 사고 싶어요."

그때, 민아가 다시 손을 번쩍 들었다.

"푸스카 주식?"

"그건 뭐지?"

민아의 대답에 반 아이들이 웅성거렸다.

"선생님, 주식이 뭐예요?"

예린이가 어리둥절한 표정으로 질문했다.

"예를 들어 설명하자면 여러분한테 좋은 아이디어가 있어서 회사를 세우려고 해요. 회사를 세우는 데 100만 원이 필요하다고 가정해 봐요. 그런데 돈이 없어서 1만 원짜리 주식을 100주 만들어서 사람들한테 팔았어요. 그러면 그 주식을 구입한 사람들 모두가 회사의 주인이 되는 거예요. 우리는 이 사람들을 '주주'라고 불러요. 만약 여러분이 오강그룹 주식을 산다면 여러분은 오강그룹의 주주가 되는 거예요."

"주주요? 선생님, 무슨 말인지 잘 모르겠어요!"

민규가 머리를 긁적이며 다시 물었다.

"자, 쉽게 이야기해 줄게요. 주주는 회사의 주인이라는 뜻이에요. 예린이랑 민규가 돈을 반반씩 내서 보드게임을 샀다고 생각해 봐요. 그러면 두 명이 각각 2분의 1씩 주인이 되는 거겠죠? 푸스카 주식이 100주 있는데 민아가 한 주를 가지고 있다면 민아는 100분의 1만큼 주인이랍니다."

선생님이 칠판에 열심히 적어 가며 다시 설명했다.

"그럼 민아는 푸스카의 주인인 거네요?"

예린이가 고개를 끄덕이며 다시 물었다.

"예린이 말이 맞아요. 여러분, 우리 문주시에 푸스카가 있는 거 알고 있죠?"

"네!"

아이들이 큰 소리로 대답했다.

"우리 학교는 문주시의 서쪽 끝에 있고, 푸스카는 동쪽 끝에 있어서 거리가 꽤 멀긴 하지만 푸스카는 우리나라에서 손에 꼽는 큰 기업이에요. 규모로 봤을 때는 세계에서 가장 큰 철강 기업이거든요. 철강으로 자동차의 몸체도 만들고 여러분이 지금 앉아 있는 의자도 만들죠. 요즘에는 전기차에 들어가는 2차 전지도 만든답니다."

"우아! 민아 너, 이런 영향력 있는 기업의 주주라니 진짜 대단하다!"

선생님의 설명이 끝나자 아이들이 민아를 보며 엄지손가락을 치켜올렸다. 엄마가 자꾸 민아를 칭찬하는 이유를 알 것 같다. 민아는 돈에 대해서는 초등학생이 아니고 꼭 어른 같다.

"송민아, 너 푸스카 주식을 몇 주나 갖고 있는데?"

쉬는 시간, 연호가 민아한테 다가와 물었다.

"세 주 갖고 있어."

"뭐? 너 겨우 세 주 갖고 자랑한 거야? 푸하하."

“겨우 세 주라고? 그러는 너는 주식 있어?”

민아와 연호의 목소리가 높아지자 나는 다툼으로 번지기 전에 얼른 말려야겠다는 생각이 들었다.

“얘들아! 우리 아빠, 푸스카에서 일한다!”

그 순간 친구들의 눈빛이 일제히 나를 향했다.

“우아, 정말?”

“지안아, 아빠 회사에 놀러 간 적도 있어?”

“내 꿈이 바로 푸스카에서 일하는 건데!”

친구들이 저마다 한마디씩 하며 내 주위로 모여들었다. 얼떨결에 했던 말이지만 아이들의 반응을 본 나는 왠지 모르게 어깨가 으쓱해졌다.

아빠의 실직?

그날 밤, 나는 화장실에 가기 위해 침대에서 일어났다. 거실로 나와 보니 늦은 시간인데도 안방 문틈에서 불빛이 새어 나왔다. 부모님이 불 끄는 걸 깜빡했나 싶어 문을 열어 보려는데 두런두런 말소리가 들렸다.

"탄소중……, 실직……, 퇴직……, 이사……."

'이렇게 늦은 시간까지 무슨 이야기를 하시는 거지?'

나도 모르게 방문에 귀를 댔지만 왠지 더 이상 들으면 안 될 것 같아 다시 방으로 돌아왔다.

'탄소중은 몰라도 퇴직은 아는데……. 혹시 아빠가 회사를

그만두시나?'

나는 침대에서 한참을 이리저리 뒤척이다 새벽이 되어서야 잠에 들었다.

똑똑.

아침이 되자, 나는 누나의 방문을 조심스럽게 두드렸다.

"이지안, 니가 웬일이야? 이 시간에 일어나고, 해가 서쪽에서 뜨겠다."

"누나, 혹시 아빠가 회사를 그만두셔?"

나는 사실이 아니기를 바라며 물었다.

"네가 그걸 어떻게 알았어?"

누나의 표정을 본 나는 가슴이 덜컹 내려앉았다.

"어젯밤에 엄마, 아빠가 대화하시는 거 조금 들었어. 탄소중이랑 실직, 퇴직, 이사……."

"지안아, 탄소중이 아니고 탄소 중립이야."

"탄소 중립?"

"그래, 아빠 회사에서 유럽에 철강을 많이 수출하는데 탄소 중립 기준을 못 지켜서 수출이 어려워졌대. 수출을 못 하니까 회사는 수입이 줄어들고 운영이 어려워지니 어쩔 수 없이 직원들을 내보내는 거래."

아빠가 회사를 그만둘지도 모른다는 생각을 하니 무척 걱정이 되었다. 탄소 중립이 정확하게 뭔지 누나한테 물어보았지만 누나도 그 이상은 모르는 눈치였다. 그때 주방에서 달그락거리는 소리가 들려 얼른 방으로 돌아왔다.

아침밥으로 무엇을 먹었는지 기억도 안 날 만큼 밥맛이 없었다. 나는 엄마, 아빠한테 심란한 표정을 들킬까 봐 부랴부

랴 가방을 챙겨 집을 나왔다.

“이지안, 같이 가!”

오늘만큼은 혼자 있고 싶어서 서둘렀는데, 하필 말 많은 민규를 만났다. 터덜터덜 내딛는 발걸음 때문이었을까, 어두운 얼굴빛 때문이었을까, 신나게 말을 이어 가던 민규도 곧 조용해졌다.

머릿속이 복잡해서 교실까지 어떻게 왔는지도 모르겠다. 점심시간에는 배가 쥐어짜듯이 아파서 급식도 거의 먹지 못하고 책상에 엎드려 있었다. 그러다가 잠깐 잠이 들었는데 누군가 내 어깨를 살며시 두드렸다. 고개를 들어 보니 민아였다.

“지안아, 너 얼굴이 왜 그래? 밤새 게임했어?”

“아니야.”

“아니긴 뭘 아니야. 딱 봐도 피곤한 얼굴이네. 무슨 일이야?”

말은 그렇게 했어도 민아는 걱정스러운 얼굴로 나를 바라보았다.

“민아야, 너 탄소 중립이 뭔지 알아?”

내가 생각해도 뜬금없는 질문이었다.

“탄소 중립? 갑자기 탄소 중립이 왜 튀어나와?”

“탄소 중립 때문에 우리 아빠가 푸스카 회사를 그만둘 수도 있대.”

나는 누나한테 들은 그대로 민아한테 전했다. 그때였다.

“오! 이지안 네가 탄소 중립을 어떻게 아냐?”

언제 왔는지 잘난 척쟁이 연호가 나와 민아의 대화에 불쑥 끼어들었다.

"그러는 넌 알아?"

"내가 말해도 너희 수준에 알아들을 수나 있겠냐?"

또 시작이다. 저 잘난 척……. 연호는 눈을 한 번 찡긋하곤 자기 자리로 돌아갔다.

"지안아, 너무 걱정하지 마. 방법이 있겠지!"

하지만 민아의 위로에도 걱정이 사라지기는커녕 내 머릿속은 탄소 중립 생각으로 꽉 차 있었다. 탄소 중립과 아빠의 실직이 관련되어 있다고 하니 탄소 중립이 무엇인지 반드시 알아야겠다.

탄소 박사님을 찾아서

“지안아, 축구하자!”

“내가 아직 숙제를 안 해서 어려울 것 같아. 미안, 다음에 하자.”

나는 민규의 제안에 핑계를 대고서 컴퓨터 앞에 앉았다.

탄소

탄소 중립

탄소 배출량

CBAM

나는 탄소에 대해 검색하기 시작했다. ‘탄소’라고 입력하니 자동으로 ‘탄소 중립’이라는 단어가 함께 연관 검색어로 나왔다. 또 탄소 배출량, CBAM, 탄소국경조정제도, 전환 기간, 시정 조치, 과징금 등의 내용도 검색되었다. 내가 아는 단어보다 모르는 단어가 훨씬 많았다. 분명히 한글로 쓰여 있는데 뜻을 모르니까 마음이 답답했다.

‘그래서 아빠 회사가 왜 어려워졌다는 거지?’

계속 검색을 했지만 명쾌한 답을 찾지 못했다. 그러다 우연히 탄소 중립에 관한 동영상을 발견했다. 머리카락이 새하얀 박사님의 강연이었는데 사실 이 내용도 무슨 말인지 이해되지 않아서 동영상을 보는 내내 자꾸만 눈꺼풀이 내려왔다. 그때 정신이 번쩍 드는 내용이 들렸다.

“탄소 중립 정책을 추진하지 않는다면 우리나라의 철강기업 수출이 어려워질 수도 있습니다.”

나는 간절한 마음을 담아 박사님의 동영상에 댓글을 남겼다.

@이지안

안녕하세요. 저는 문주시에 사는 초등학생입니다. 탄소 중립 때문에 아빠가 회사를 그만둘 수도 있대요. 도대체 탄소 중립이 뭔가요? 꼭 알고 싶어요. 그리고 아빠가 계속 회사를 다닐 수 있도록 제가 할 수 있는 일이 있다면 알려 주세요.

'답이 올까? 하느님, 부처님, 산타 할아버지! 제발 저를 도와주세요.'

나도 모르게 눈을 꼭 감고, 두 손을 꽉 움켜쥐었다.

며칠 후, 댓글을 확인하기 위해 동영상 사이트를 열어 보니 놀랍게도 답글이 달려 있었다.

^ • 답글 1개

@탄소박사김주찬

탄소 중립 문제는 우리가 함께 풀어 가야 할 과제입니다. 이번 주 토요일, 문주시청에서 열리는 탄소 중립 강연이 있으니 궁금한 게 있다면 참석해서 들어 보세요.

나는 박사님의 답글을 보자마자 민아한테 바로 전화를 걸었다.

“민아야, 탄소 중립에 대한 강연이 문주시청에서 열린대. 같이 가 줄 수 있어?”

“그거 잘됐네! 지안아, 같이 가자.”

민아는 선뜻 나와 함께 가 주겠다고 말했다.

드디어 문주시청에서 탄소 중립 강연이 열리는 날이 되었다. 민아와 나는 맨 앞줄에 앉기 위해 30분이나 일찍 강연장을 찾았다. 그런데 강연장에서 우연히 잘난 척쟁이 연호를 만났다.

"어? 김연호, 네가 왜 여기 있어?"

"그러는 너희는 어쩐 일이냐?"

연호가 눈이 동그래져서 물었다.

"탄소 중립이 뭔지 알고 싶어서 왔지."

"오! 대단한데? 그런데 너희들이 강연 내용을 이해할 수나 있겠냐? 으하하."

오늘도 연호는 한결같은 모습이다.

"연호야, 연호야!"

그때 연호의 부모님이 연호를 찾는 소리가 들렸다.

"엄마, 아빠 여기예요."

연호가 부모님을 향해 손을 흔들었다. 북적거리던 사람들이 모두 자리에 앉자 객석이 어두워지고, 환한 무대 위에 백

발의 김주찬 박사님이 등장했다. 동영상에서만 보던 분을 실제로 보니 더 반가웠다.

"오늘 강연은 미래 사회를 대비하기 위해 꼭 필요한 주제, 탄소 중립입니다."

꽉 찬 좌석들 사이로 결연한 목소리가 울려 퍼졌다. 시간이 어느 정도 흘렀을 때였다.

퍽!

“아야!”

나와 민아는 졸다가 서로 머리를 부딪치고 말았다.

“오늘 강연은 이것으로 마칩니다.”

깜짝 놀란 나는 박사님과 눈이 마주쳤다. 곧 사람들의 환호와 함께 박수 소리가 들렸고 나도 얼떨결에 손뼉을 쳤다. 강연을 마친 김주찬 박사님이 내 쪽으로 성큼성큼 걸어왔다.

‘왜 오시지? 내가 졸아서 그런가?’

박사님이 가까이 다가올수록 심장이 마구 떨렸다.

“우리 연호 왔구나. 오늘 강연은 어땠니?”

‘아뿔싸! 내가 아니라 연호였구나.’

박사님이 다른 사람도 아니고, 내 뒷자리에 앉은 연호에게 말을 거는 게 아닌가?

“할아버지, 오늘 강연도 최고였어요!”

칭찬에 인색한 연호가 박사님을 보고 해맑게 웃었다.

“우리 연호가 초롱초롱한 눈으로 봐 줘서 할아버지가 더 신나게 이야기했단다. 허허.”

나는 강의가 어려워서 내내 졸았는데 연호는 졸지도 않았나 보다. 그나저나 연호의 할아버지가 김주찬 박사님이라니 눈앞에서 보고도 믿어지지 않았다.

"할아버지, 얘네들은 저와 같은 반 친구들이에요."

"안녕하세요! 박사님."

연호 덕분에 박사님과 인사를 나눌 수 있어서 다행이었다. 하지만 박사님의 강연을 제대로 듣지 못해 탄소 중립과 관련된 질문은 하나도 할 수 없었다. 별 소득 없이 집으로 돌아온 내가 한심하게 느껴지는 하루였다.

회사를 살리는 방법이 있다고?

살다 보니 연호의 덕을 보는 날도 있다. 김주찬 박사님이 나와 민아가 연호의 친구라는 말을 기억하고 우리 셋을 박사님의 집으로 초대했다.

띵동, 띵동.

"연호 왔구나. 지안이, 민아도 어서 오너라."

박사님은 우리를 반갑게 맞이했다.

"그래. 지안이는 뭐가 궁금해서 강연회에 왔었니?"

박사님은 몹시 궁금한 표정으로 물어보았다.

"탄소 중립 때문에 아빠 회사가 수출을 못 해서 직원들을 해고한대요. 탄소 중립이 무엇이기에 아빠가 회사를 그만둘 수밖에 없는지 궁금해요."

나는 그동안 있었던 일을 박사님한테 이야기했다.

"박사님, 저도 탄소 중립이 무엇인지 궁금해요."

민아도 옆에서 거들었다.

"흠, 혹시 지안이 아버지는 어느 회사에 다니시니?"

"푸스카요."

"푸스카라면 탄소 중립의 영향을 크게 받지. 탄소 중립이 수출에 어떤 영향을 주는지 알려면 먼저 탄소 중립에 대해 알아야 해. 탄소 중립은 탄소를 배출하는 만큼 탄소 포집 기술로 탄소를 제거하여 순 배출량을 0으로 만드는 거란다."

"네?"

박사님이 차근차근히 설명해 주었지만 민아와 나는 도통 무슨 말인지 몰라서 멀뚱멀뚱 서로를 바라보았다.

"자, 내가 쉽게 알려 줄게. 민아가 '사람'이고 지안이는 '나무'라고 가정해 보자. 사람인 민아가 숨을 후– 하고 내쉬면서 이산화 탄소를 100만큼 뱉었어. 그러자 나무인 지안이가 이산화 탄소를 100만큼 빨아들여서 광합성을 했어. 자, 그

럼 공기 중에 이산화 탄소는 얼마나 남아 있을까?"

연호가 신이 나서 민아와 나에게 질문을 했다.

"공기 중에 이산화 탄소가 100이 생겨도 나무가 다시 100만큼 빨아들였다고 했으니까 0 아니야?"

내가 머뭇거리며 대답했다.

"바로 그거야! 이산화 탄소 배출량을 0으로 만드는 것. 그게 바로 탄소 중립이야."

연호의 목소리가 한껏 높아졌다.

"허허, 우리 연호가 나보다 설명을 쉽게 잘하는구나. 그런데 너희들은 온실가스가 무엇인지 알고 있니?"

박사님이 안경을 치켜올리며 물었다.

"지구를 둘러싸고 있는 기체인데 온실가스로 지구의 온도가 적당하게 유지된다고 배웠어요."

민아가 재빨리 대답했다.

"그래. 잘 알고 있구나. 그런데 지구에 온실가스의 양이 많아지면서 지구가 점점 더워지고 있어."

"아, 온난화 현상이요? 그건 저도 알고 있어요. 여름이 길어져서 작년에 추석을 하석이라고 불렀잖아요. 여름 하(夏)

자를 넣어서요."

이번에는 나도 자신 있게 대답했다.

"제가 가장 좋아하는 계절인 가을이 사라지는 것 같아서 속상해요. 이러다간 사계절이 아니라 여름과 겨울만 있는 이계절이 되겠어요."

민아도 아쉬운 듯이 말했다.

"그래그래. 온난화 현상으로 기후 위기가 심각해지고 있단다. 그래서 온실가스의 양을 줄이기 위해 우리나라뿐 아니라 세계 여러 나라에서도 연구를 진행하고 있어."

그러고 보니 선생님이 과학 시간에 산업화 이후로 온실가스의 양이 많아졌다고 했던 이야기가 떠올랐다.

"박사님! 온실가스 중 가장 많은 것이 이산화 탄소라고 배웠어요."

"허허. 탄소 중립에서 탄소하면 이산화 탄소를 떠올리면 된단다."

박사님은 우리를 보며 기특하다는 표정을 지어 보였다.

"이제 탄소 중립이 뭔지 조금 알 것 같아요. 그런데 이산화 탄소 때문에 아빠 회사가 왜 어려워진 거예요?"

"흠, 그건 말이다. 2023년에 유럽 연합에서 탄소국경조정 제도를 만들어서 탄소 집약 제품을 수출하는 제3국 기업에 탄소 배출량 보고를 의무화했단다. 이걸 'EU CBAM'이라고 해. 철강, 알루미늄, 시멘트, 비료, 전력, 수소까지 6개 품목을 수출할 때 탄소 배출량 정보를 EU 당국에 보고하게 했거든. 2년 3개월간의 전환 기간을 줬는데, 우리나라 기업들이 그동안 CBAM 보고서 제출 의무를 미준수하거나 CBAM 보고서 시정 조치를 이행하지 못해서 이산화 탄소 환산 톤당 40유로 정도의 과징금을 냈다고 들었어. 어쩌면 이제부터 수출이 어려워질 수도 있단다."

"박사님, 무슨 말인지 하나도 모르겠어요!"

나는 순간 머리가 어질어질했다.

"저도 너무 어려워요."

민아도 조심스레 말을 꺼냈다.

"허허, 대학생한테 강의하는 것보다 초등학생한테 설명하는 게 훨씬 어렵구나. 간단히 말해서 물건을 만들 때 탄소가 발생하지 않게 해야 한다는 거란다."

"탄소 배출을 많이 하는 기업은 결국 수출이 어렵다는 얘기군요."

민아가 나를 한 번 살피며 대답했다.

"그렇다면 제가 아빠 회사를 위해 도울 수 있는 일이 있을까요?"

내가 진지하게 물었다.

"흠, 탄소 배출권을 모아서 회사에 주면 도움이 되겠지만 아이들이 하기에는 힘든 일이지."

"탄소 배출권을 모으면 회사에 도움이 된다고요? 아빠를 도울 수만 있다면 해 보고 싶어요. 그런데 박사님, 탄소 배출권이 뭐예요?"

"너희가 숨을 쉬면 이산화 탄소가 나오지? 공장에서도 물건을 만들면 탄소가 문주산만큼 나와. 공장은 지구 온난화를 막기 위해 이산화 탄소를 빨아들여야 하는데 푸스카 같은 철강 회사가 계속 나무를 심기는 어려워. 그래서 탄소를 사고 파는 시장을 만들었단다."

"너무 어려워요. 박사님."

나는 머리를 쥐어뜯으며 말했다. 민아도 덩달아 한숨을 쉬었다. 그러자 연호가 다시 끼어들었다.

"휴, 이번에는 푸스카와 문주산으로 가정해 보자. 푸스카에서 이산화 탄소를 1,000만큼 내보냈다면 반드시 1,000만큼의 이산화 탄소를 빨아들여서 탄소 중립을 해야 해. 여기까지는 이해했어?"

연호의 설명에 우리 둘은 고개를 끄덕였다.

"반대로 문주산은 나무가 많아서 이산화 탄소를 1,000만큼 빨아들였어. 그럼 이산화 탄소를 1,000만큼 배출할 수 있는 권리가 생기게 되겠지? 탄소를 배출할 수 있는 권리! 그게 바로 '탄소 배출권'이야. 하지만 문주산은 탄소 배출권이 필요 없어. 한쪽에서는 탄소 배출권이 필요하고 다른 쪽에서는 필요가 없으니 돈으로 탄소 배출권을 사고파는 시장이 생겼다는 거지."

연호의 설명을 들으니 슬슬 이해가 되기 시작했다.

"푸스카가 1,000만큼의 이산화 탄소를 빨아들일 수 없을 때 문주산이 가지고 있는 1,000만큼의 탄소 배출권을 사야 한다는 거지?"

나는 신나는 목소리로 물었다.

"그렇지."

"고마워! 연호야, 박사님도 알려 주셔서 고맙습니다!"

박사님의 설명을 완벽하게 이해하기는 어려웠지만 아빠 회사를 위해 탄소 배출권이 필요하다는 건 알게 되었다.

'과연 내가 탄소 배출권을 얻을 수 있는 날이 올까?'

그날 밤, 나는 누나 방으로 가서 오늘 들었던 탄소 배출권에 관해 이야기를 들려줬다. 하지만 누나는 우리가 당장 할 수 있는 일이 없을 거라고 말했다. 누나와 이야기를 나눈 뒤로 머릿속이 더 복잡해져서 도무지 잠이 오지 않았다.

내 손을 잡아 준 친구들

주말 아침, 오랜만에 친구들과 축구를 하기로 했다. 축구를 할 생각에 기분이 좋아야 하는데 발걸음이 무거웠다. 운동장으로 가는 길에 민아를 만났다.

"지안아, 무슨 걱정 있어?"

내 표정이 안 좋아 보였는지 민아가 조심스레 물었다.

"탄소 배출권을 어떻게 모아야 할지 모르겠어. 누나는 우리가 당장 할 수 있는 일이 없을 거래."

"너도 참 고민이 많겠다."

민아가 안타까운 목소리로 말했다.

"오, 우리 반 에이스가 왔네. 오늘 2반 애들이랑 축구 시합하기로 한 거 알지?"

운동장에 들어서니 민규가 반가운 얼굴로 다가왔다.

'축구할 기분은 아니지만, 고민만 한다고 일이 해결되는 것도 아니고! 머리 아픈데 축구나 해야겠다.'

"당연하지. 제대로 실력 발휘를 좀 해 볼까?"

나는 민규를 보며 애써 환한 미소를 보였다.

"오늘은 지안이가 있으니 우리 반이 무조건 이겼네! 이겼어. 흐흐흣"

아이들은 이미 이긴 것처럼 기분이 좋아 보였다. 잠을 못 자서 피곤했지만 친구들의 말을 들으니 기운이 다시 솟는 것 같았다.

휘익!

휘슬 소리와 함께 경기가 시작됐다.

뻥!

나는 골대를 향해 공을 힘껏 찼다.

"슛, 골인!"

"와아!"

내가 골을 넣자, 친구들이 너나없이 주변으로 모여들었다.

“하하하, 역시 이지안!”

“오늘 이기면 내가 떡볶이 산다.”

“자, 우리 이 분위기 살려서 계속 잘해 보자!”

우리는 평정심을 찾고 다시 상대편을 몰아붙였다. 상대 골문으로 가까이 파고들어서 다시 한번 기회를 노렸다. 그때 마침 나를 향해 공이 날아왔다. 기회가 온 것이다. 나는 공을 향해 힘껏 달렸다. 힘차게 공을 차려는 순간, 누군가 달려와 내 정강이를 세게 걷어찼다.

으악!

그 순간 온몸에 통증이 짜르르 전달되었다.

“지안아!”

나는 비명을 지르며 바닥에 쿵 넘어지고 말았다.

“지안아, 괜찮아?”

친구들이 달려와서 물어보자 갑자기 눈물이 왈칵 쏟아졌다.

“이지안! 너답지 않게 왜 울어.”

친구들은 나를 보며 어리둥절한 표정으로 등을 토닥였다.

‘나다운 게 뭔데? 탄소도, 축구도 제대로 되는 게 하나도

없어…….'

친구들 앞에서 운 게 창피했던 나는 경기가 끝나자마자 곧바로 집으로 달려왔다. 이미 내 상황을 알고 있던 민아가 친구들한테 나의 고민을 이야기해 주었다고 한다.

"지안아, 탄소 배출권이 뭔지는 몰라도 우리 같이 해결해 보자!"

다음 날 아침, 민규가 내 자리로 오더니 진지한 얼굴로 말했다.

"나도 도와줄게!"

"나도!"

친구들은 탄소 배출권을 받을 수 있는 방법에 대해 함께 고민해 보기로 하고, 오늘은 그렇게 좋아하는 중간놀이까지 포기하며 학교 도서관에 모였다.

"너희들 무슨 일로 도서관에 온 거니?"

사서 선생님이 궁금한 표정으로 물었다.

"선생님, 탄소 중립이나 탄소 배출권에 관한 책이 있으면 추천해 주세요. 이제부터 공부 좀 해 보려고요."

민규가 특유의 익살스러운 표정을 지으며 말했다.

"민아는 벌써 한 권 찾았네. 그럼 선생님이 더 찾아보고 알려 줄게."

"얘들아, 이것 봐. 탄소 배출권은 온실가스 배출량을 줄이기 위해 여러 나라가 상의해서 만든 거였어. 다 같이 온실가스 배출량을 줄이기로 합의했고, 그 약속을 못 지키면 탄소 배출권을 돈 내고 사야 한대."

민아가 책을 보여 주며 말했다.

"돈이 많이 드니까 국가와 기업들이 가능한 한 온실가스를 덜 배출해야 하겠구나."

예린이가 고개를 끄덕였다.

"나무를 많이 심으면 탄소 배출권을 받을 수 있대. 나무가 이산화 탄소를 흡수해서 산소를 만들거든. 그러면 공기 중에 이산화 탄소가 줄고 산소가 늘게 되지."

민아가 똑 부러지는 목소리로 차분하게 설명했다.

"하지만 나무를 심는 게 간단한 문제는 아니야."

가만히 듣고 있던 연호가 말을 꺼냈다.

"왜?"

"나무를 심으려면 묘목이랑 땅이 필요하니까."

연호가 막막하다는 표정으로 대답했다.

우리는 책을 잔뜩 빌려서 커다란 책상에 모여 앉았다.

"얘들아, 이것 봐. 이 책에서 어린나무를 많이 심어야 탄소를 많이 흡수할 수 있다고 쓰여 있어. 이렇게 탄소를 빨아들여서 묶어 두는 것을 '탄소 포집'이라고 한대."

WOW

“여기에는 이런 내용도 있어. 자연보전청에서 나무 175그루를 심으면 탄소 배출권 열 장을 준대. 175그루로 정한 이유는 한 사람이 평생 내뿜는 탄소를 없애려면 나무 175그루가 필요하기 때문이래.”

아이들은 서로 책을 보여 주며 열심히 설명했다.

“175그루라니. 묘목 값만 해도 수십만 원이 들 거야. 작년 봄에 우리 할아버지가 마당에 나무를 심었는데 엉덩이 닿는 정도의 묘목도 한 그루에 5천 원이나 했어.”

민아가 눈을 동그랗게 뜨고 말했다.

“야, 우리가 그럴 돈이 어딨어? 당장 떡볶이 사 먹을 돈도 없는데!”

민규가 놀랐는지 침을 튀기며 소리쳤다.

나는 집에 오자마자 저금통을 열어서 책상 위에 돈을 쏟았다. 그동안 부모님의 도움 없이 내가 모은 돈이다.

‘12,700원……, 12,800원…….’

몇 번을 세어 봐도 달랑 12,900원! 이게 내가 가진 전 재산이다.

‘그동안 나 뭐 했지? 내 용돈 다 어디로 갔지?’

돈이 필요해

"얘들아, 잠깐만 이리 모여 봐!"

다음 날, 중간놀이 시간이 되자마자 민규는 친구들을 불러 모았다.

"내가 어제 집에 가서 돈이 얼마나 있는지 확인해 봤거든? 9,900원이더라. 난 이 돈을 다 묘목 값으로 낼 수 있어."

민규가 어깨에 힘을 주고 자랑스러운 목소리로 말했다.

'나보다 더 돈을 못 모은 애도 있구나. 그래도 전 재산을 낸다니 역시 민규는 의리가 있어.'

"너네는 돈 얼마나 있어?"

민규가 친구들을 둘러보았다. 애들이 내겠다는 돈을 합쳐 보니 6만 원쯤 되었다. 민아 말로는 작은 묘목이 더 싸다고 하지만 한 그루에 1,000원씩만 잡아도 우리가 살 수 있는 묘목은 60그루뿐이었다.

"우리 학급 회의를 열어서 다 같이 상의해 보면 어때?"

민규가 학급 회의를 열어서 반 친구들의 도움을 받자고 제안했다.

점심시간, 우리는 급하게 임시 학급 회의를 열었다.

〈임시 학급 회의〉

안건: 묘목 값 모금하기

"이번 안건을 낸 민규가 먼저 이야기해 볼래?"

회장인 민아가 이야기를 꺼냈다.

"나무를 심기 위해 묘목 값이 필요한데 어떻게 하면 돈을 모을 수 있을지 이야기해 보자."

민규가 진지한 표정으로 또박또박 이야기했다.

"묘목 때문에 돈을 걷자는 거니? 갑자기 묘목이 왜 필요한데?"

형준이가 놀라며 물었다.

"그건 말하기 좀 그래……."

민규의 말에 교실 전체가 웅성거렸다.

"음, 지구를 위해 나무를 심으면 좋잖아."

민아가 수습하려 하자 몇몇 아이들이 고개를 끄덕였다.

"얼마를 모으려는 건데? 난 돈 없어."

형준이가 입을 삐죽 내밀었다. 나는 친구들한테 도움을 청하는 게 민망했지만 아빠를 위해 용기를 냈다.

"얘들아, 우리 아빠가 푸스카에 다닌다고 이야기했던 거 기억나? 푸스카가 유럽에 철강 제품을 수출하고 있는데 앞으로는 수출을 하려면 탄소 배출권이 있어야 한대. 탄소 배출권이 없으면 수출을 못 한다고 하더라고. 그렇게 되면 우리 아빠가 회사를 그만두게 되고 우리 집은 아빠의 새 회사가 있는 지역으로 이사를 가야 할 수도 있어. 그런데 나무 175그

임시 학급 회의
안건: 묘목 값 모금하기
떠든 사람
- 이민규

루를 심으면 탄소 배출권을 준대. 그래서 나무를 심기로 한 거야."

"얘들아, 우리 지안이를 도와주자! 지안이가 없으면 우리 반은 축구도 매일 질 거야. 나는 옆 반 애들이 으스대는 꼴은 진짜 보기 싫어."

민규가 목소리를 높였다.

"지안아, 집에 가서 용돈이 얼마 있는지 보고 도와줄게."

"나도!"

아이들이 여기저기서 지안이를 돕겠다고 나섰다.

"그럼 우리 희망하는 사람들만 돈을 모으기로 하자."

회장인 민아가 회의를 마무리하며 임시 학급 회의가 끝이 났다.

다음 날 아침, 선생님이 심각한 표정을 지으며 교실로 들어왔다.

"여러분, 어느 학부모님이 교무실로 전화하셔서 여러분이 반에서 돈을 걷기로 했다고 알려 주셨어요. 학급 회의 때 묘목 값을 걷기로 했다는데 도대체 무슨 일인가요?"

순간 교실 분위기가 가라앉고 아이들은 서로 눈치만 봤다. 나 때문에 문제가 커진 것 같아 걱정이 되었다.

"회장이 말해 보세요."

선생님이 민아를 보며 말했다.

"사실은 지안이 아버지께서 푸스카에 다니시는데 탄소 중립을 지키지 않으면 직원분들이 실직할 수도 있다고 해서요. 탄소 중립을 지키기 위해서는 탄소 배출권이 필요하다던데 나무 175그루를 심으면 자연보전청에서 탄소 배출권 열 장을 준대요. 그래서 나무를 심으려고 묘목 값을 모은 거예요."

민아가 선생님을 바라보며 또랑또랑하게 말했다.

"그렇군요. 그러면 돈은 어떻게 걷기로 했나요?"

선생님이 고개를 끄덕이며 물었다.

"희망하는 사람들만 내고 싶은 만큼 내기로 했어요!"

민규도 옆에서 거들었다.

"부모님들은 모든 학생이 똑같은 금액을 내는 걸로 알고 있어요. 부모님께 돈을 달라고 조른 학생이 있다고 해요."

선생님의 말을 들은 아이들이 웅성거리기 시작했다.

"과학 시간에 탄소 중립을 공부하긴 했지만 그걸 실제 상황에 적용하다니 잘했어요. 문제 해결 방안을 찾아 탄소 배출권을 받으려고 시도한 점도 칭찬해요. 하지만 문제가 있어요. 학교에서는 마음대로 돈을 걷으면 안 돼요. 모금을 하려면 전교 학생 회의를 열고 공문을 만들어서 교장 선생님의 결재를 받아야 해요. 그리고 학교 운영 위원회에서 확인도 받아야 한답니다. 돈을 걷는다고 해도 바로 쓸 수 있는 게 아니고 절차대로 진행해야 해요."

선생님이 모금을 하기 전 진행해야 하는 과정을 자세히 설명해 주었다.

"어른들은 뭐가 그렇게 복잡해요? 친구를 위해서 하는 건데 그냥 하게 해 주세요. 누가 부모님한테 말해서 학교에 전화가 왔는지는 모르겠지만 우리는 아무도 억지로 돈 내라고 안 했어요. 저는 전 재산을 내놨지만 하나도 안 아깝다고요!"

민규가 열을 내며 큰 목소리로 외쳤다. 여러 명의 친구도 민규의 말에 동의했다.

"저도 어제는 돈을 낼까 말까 망설였지만 내는 걸로 결심했어요. 지안이도 돕고 푸스카도 잘되었으면 좋겠어요."

민아도 결의에 찬 표정으로 말을 꺼냈다.

"얘들아, 내가 소주병을 주워서 모은 돈이 얼만지 아니?"

민아가 눈을 반짝였다.

"얼만데?"

민아가 등을 꼿꼿이 세우고 검지를 힘껏 들어 올렸다.

"1만 원?"

민아는 아니라는 듯 검지를 양옆으로 흔들었다.

"10만 원?"

그러자 민아가 또다시 검지를 흔들었다.

"설마 100만 원?"

나는 침을 꼴깍 삼키며 물었다.

"빈 병 줍고, 집안일도 하고, 명절 때 받은 용돈까지 모두 합쳐서 132만 원."

"우아, 너 진짜 대단하다!"

"내가 묘목 값으로 100만 원 낼게."

민아가 한 치의 망설임도 없이 말했다.

"정말? 너 엄마한테 안 혼나겠어?"

옆에 앉은 예린이가 물었다.

"응! 우리 부모님이 내 돈은 내가 알아서 관리해 보라고 하셨어. 부모님과 함께 있을 때 돈을 벌어도 보고, 잃어도 봐야 나중에 어른이 돼서도 실수를 덜 한다고."

"너도 멋지지만 너희 부모님도 참 훌륭하시다!"

예린이가 민아한테 손 하트를 하며 이야기했다.

"민아, 대단한데? 하지만 민아가 100만 원을 내는 건 너무 많은 것 같아요. 민아는 학생이니까 묘목 열 그루 값만 내고 남은 돈은 미래를 위해 저축하면 어떨까요? 대신 선생님도 스무 그루 값을 보탤게요. 그리고 묘목 값을 모금할 때 생기는 복잡한 절차 문제는 교직원 회의에서 상의해 보도록 할게요."

선생님이 방긋 웃으며 우리한테 힘을 실어 주었다.

"역시, 우리 선생님 최고!"

반 아이들이 모두 박수를 쳤다.

"그런데 나무를 어디에다 심지?"

'맞다. 더 큰 문제가 있었네. 산 넘어 산이구나.'

탄소 꿀꺽! 팽나무

우리들은 학교 안에서 빈 땅을 찾기 시작했다.

"여기 어때? 우리 학교 운동장 가장자리에 빙 둘러 심으면 175그루를 모두 심겠는데?"

민규가 자신만만하게 말했다.

"나무를 심으려면 나무와 나무 사이에 여섯 걸음 이상의 거리를 두고 심어야 해. 그래야 나무들이 햇빛과 물, 거름을 나눠 살 수 있다고 우리 할아버지께서 알려 주셨어."

민아가 민규한테 설명해 주었다.

"그리고 큰 나무는 괜찮지만 작은 묘목은 축구공에 맞아서 부러질 수 있으니 학교 밖으로 나가서 찾아보자!"

연호도 의견을 덧붙였다.

우리는 주말을 이용해 학교 옆에 있는 공터에도 가 보고 문주산, 문주천 고수부지에도 가 봤다. 다리가 아플 정도로 걸었지만 누구 하나 불평하지 않고 함께해 주니 참 고마운 마음이 들었다. 이곳저곳을 돌아다녀 보니 학교 옆에 있는 공터가 나무를 심기에는 가장 적당해 보였다. '문주시 시유지'라고 적혀 있는 푯말을 보니 잘하면 묘목을 심어도 된다는 허락을 받을 수도 있을 것 같았다. 우리는 월요일 아침부터 교무실 앞에 서서 담임 선생님이 출근할 때를 기다렸다.

"선생님, 선생님! 저희가 주말에 여기저기를 가 봤는데요. 학교 옆 공터에 나무를 심으면 좋을 것 같아요!"

나는 들뜬 목소리로 선생님한테 말했다.

"음, 얘들아. 그게 간단한 문제가 아니란다. 비어 있는 땅처럼 보여도 다 주인이 있어."

선생님이 곤란한 표정을 지으며 말했다.

"문주시 시유지라는 푯말이 있던데, 우리도 문주 시민이니까 사용할 수 있는 거 아니에요?"

민규가 어리둥절한 표정을 지었다.

"아직 공식적으로 결정되진 않았지만 공터에 어린이 놀이터를 만들어 달라는 민원이 있었는데 그 민원이 통과되었다는 얘기를 들었어."

선생님의 말을 듣고 나니 맥이 빠졌다. 우리가 해결하기에는 너무 큰 문제라는 생각이 들었기 때문이다. 기대감에 부풀던 우리의 마음은 찬물을 끼얹은 듯 확 가라앉았다. 다시 한번 난관에 부딪힌 나는 잠도 오지 않고 밥맛도 사라졌다.

"휴……."

답답한 마음에 자꾸만 한숨이 나왔다.

"지안아, 우리 이대로 포기하지 말고 땅을 마련할 방법을 찾아보자!"

민아가 기운 없는 나를 보며 위로의 말을 꺼냈다.

"얘들아! 우리 3월에 지구촌 불 끄기 행사에 참여해 달라고 포스터를 만들어서 학교랑 동네 곳곳에 붙였던 거 기억나?"

예린이가 좋은 아이디어가 생각났다는 듯 눈을 반짝였다.

"응. 그 시간에 창밖을 내다보니까 온 동네가 컴컴하더라. 생각보다 많은 사람이 참여해서 놀랐어."

나는 지난 기억을 떠올렸다.

“그럼 이번에도 나무를 심을 수 있는 땅을 찾는다는 포스터를 만들어서 붙이면 어때?”

예린이의 제안에 우리는 곧바로 포스터를 만들어서 학교 내 엘리베이터, 학생회 게시판, 아파트 단지 게시판 등 곳곳에 붙였다.

그리고 일주일 뒤, 선생님이 기쁜 소식을 전해 주었다.

“여러분, 창의 전래 놀이를 가르쳐 주시던 마을 교사 김영임 할머니를 기억하나요? 우리 학교 뒤에 있는 온산이 김영임 할머니의 땅인데 할머니께서 온산 빈터에 나무를 심어도 된다고 하셨어요. 비료도 사 주시고 부족한 묘목 값도 내주신대요.”

“야호! 됐다, 됐어!”

우리는 그 소식을 듣고 너무 좋아서 방방 뛰었다.

나무를 심기 위한 준비가 본격적으로 시작되었다. 우리는 옆 반 친구들한테도 같이 나무를 심자고 제안했다.

“한 사람이 평생 호흡하며 내뱉는 탄소를 없애려면 나무

게시판
나무 심어 지구를 살리자!
자리 좀~
나무 심을 곳이 필요해요.
이번 주 급식
동아리 안내문
나무 심어 지구 풍성하게!
신난다!

175그루를 심어야 한대. 함께 지구를 위해 나무를 심어 보자!"

"우리도 나무를 심어서 탄소 중립을 실천해 보자."

하지만 옆 반 아이들은 탄소 중립이 우리랑 무슨 상관이냐며 시큰둥한 반응을 보였다. 그래서 다시 한번 솔직하게 나의 고민을 털어놓기로 했다.

"사실, 우리 아빠가 푸스카에 다니시는데 푸스카에서 유럽에 수출을 하려면 탄소 배출권이 필요하대. 그게 모자라면 직원들이 해고될 수도 있나 봐. 우리 아빠를 위해 함께 나무를 심어 줄 수 있어? 나무를 많이 심으면 지구가 깨끗해지니까 이건 우리를 위해서도 좋은 일이야!"

나는 진실한 마음을 꾹 눌러 담아 말했다. 간절한 바람은 닿는다고 했던가. 결국 우리 반과 옆 반 모두 학급 회의를 통해 현장 체험 학습으로 나무를 심으러 가기로 했다.

"예전에는 4월 5일 식목일에 나무를 심었는데 요즘에는 온난화 때문에 나무 심는 시기가 빨라져서 3월 하순에 심어도 괜찮단다."

김영임 할머니는 나무를 심는 시기까지 친절하게 알려 주었다. 이제 어떤 나무를 심을지 결정하는 일만 남았다.

"너네 〈던전에 간 아이들〉이란 웹 드라마 봤어? 거기서 다른 식물한테 생명을 나눠 주는 게 바로 팽나무야. 크기도 크고 모양도 멋지더라고! 우리 팽나무를 심으면 어때?"

민규가 활기 넘치는 목소리로 말했다.

"맞아! 팽나무! 내가 검색해서 알아봤는데 팽나무와 느티나무가 연간 탄소 흡수량이 68.1kg이나 된대."

연호도 신이 나서 이야기했다.

조사해 보니 팽나무를 175그루 심으면 탄소 배출권 열 장을 받을 수 있다고 한다. 우리는 한마음이 되어 팽나무를 심기로 했다.

"너희들을 응원한다. 파이팅!"

"직접 나무를 심을 생각을 하다니, 기특하구나."

다른 반 선생님들도 이야기를 전해 들었다면서 환한 미소

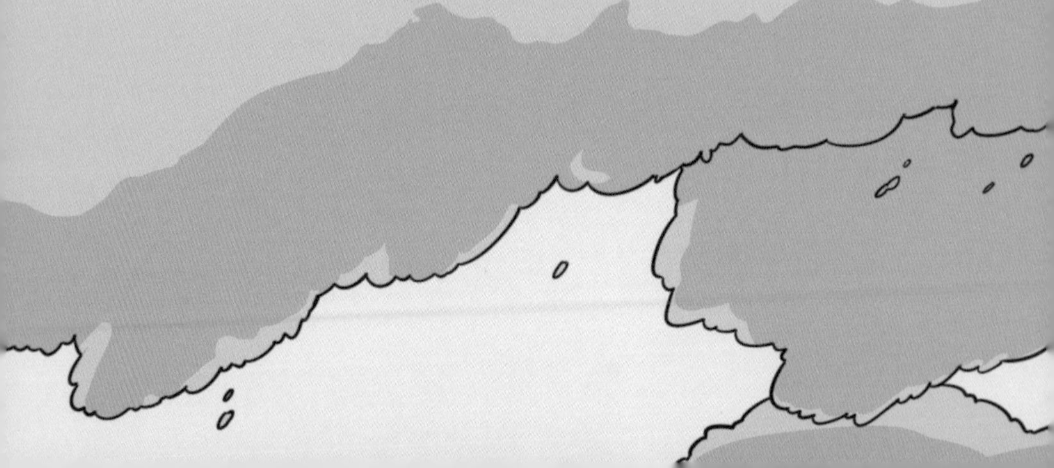

로 우리를 지지해 주었다. 구덩이 파기와 밑거름을 주는 일은 마을 학교 선생님들이 도와주기로 하고 도시 농부 동아리에서 호미도 스물다섯 개나 빌려 왔다. 많은 사람의 도움으로 모든 준비가 끝났다. 이제 나무를 심기만 하면 된다.

175그루

아직 공기는 쌀쌀하지만 햇살에는 보드라운 봄기운이 느껴진다. 나무를 심을 빈터에는 파릇파릇한 새싹이 조금씩 돋아나 있었다. 예린이는 영화배우처럼 챙이 아주 넓은 모자에 레이스 장갑까지 끼고 나타나서 아이들을 웃게 했다. 그래도 평소 자주 입던 긴치마를 입고 오지 않은 게 다행이다. 우리는 2인 1조로 팀을 이룬 다음, 줄을 맞추어 파 놓은 구덩이 안에 나무를 심기 시작했다.

"한 조당 일곱 그루씩 심어야 한다."

우리는 선생님의 말에 의욕이 불타올랐다. 하지만 막상 해 보니 나무를 심는 일은 쉽지 않았다. 무엇보다 산 아래에서부터 물을 옮기느라 팔이 빠질 듯이 아팠다.

"꺅, 흙탕물 튀었잖아. 연호, 너!"

그때 예린이의 비명이 들려왔다.

"그러니까 선생님이 지저분해져도 괜찮은 옷을 입고 오라고 하셨잖아."

연호도 툴툴대는 말투로 지지 않고 쏘아붙였다.

"팔 아프고, 옷도 더러워지고 이게 뭐야!"

예린이의 말에 나는 괜히 미안해져서 고개를 푹 숙였다.

“예린아, 눈치 좀 챙겨라. 지안이 입장도 생각해 줘야지.”

민아가 나를 힐끗거리며 예린이한테 속삭였다.

“앗! 미안해! 지안아, 내가 아끼는 옷이라 예민해졌나 봐. 너한테 짜증 낸 건 아니야.”

예린이가 머쓱한 얼굴로 사과했다.

“괜찮아. 그리고 모두들 함께해 줘서 고마워!”

나는 친구들을 향해 큰 소리로 외쳤다. 모두한테 하고 싶었던 말을 예린이 덕분에 할 수 있어 오히려 다행이라는 생각이 들었다. 곳곳에서 신음 소리가 들렸지만 열심히 하다 보니 어느새 끝이 보였다.

'부디 한 그루도 상하지 말고 무럭무럭 자라서 탄소를 꿀꺽 삼키는 커다란 나무들이 되면 좋겠다.'

줄을 맞춰 조르르 서 있는 175그루의 묘목들이 보기에도 좋아 보였다. 친구들의 표정에도 뿌듯함이 가득했다. 탄소배출권을 받으면 바로 아버지께 드릴 예정이다.

일주일 후, 전교 학생 회의에서 나무 심기에 관한 안건이 나왔다.

"4학년 1반에서 학급 회의를 했는데 '나무 심기' 캠페인에 함께하고 싶다는 이야기가 나왔어요."

4학년 대표가 손을 들어 4학년 학생 전체의 의견을 전했다.

"좋은 일에 6학년이 빠지는 게 말이 안 돼죠! 저희도 나무 심는 일에 동참하고 싶습니다."

6학년 대표도 나무 심기에 함께 참여하고 싶다는 의사를 밝혔다. 문제는 땅과 묘목이었다. 온산에는 이제 나무를 심을 만한 빈 땅이 없었다. 민아와 나는 교실로 돌아와 이야기를 계속했다.

"우리나라 국토의 3분의 2가 산이라던데 이렇게 나무 심을 땅이 없다니.”

나도 모르게 한숨이 나왔다.

“그러게. 산들은 다 누구의 것일까?”

민아도 나와 같은 생각이었다. 우리는 머리를 맞대어 고민했지만 뾰족한 수가 나오지 않았다.

“어쩌면 너튜버 재미나 님이 우리를 도와줄지도 몰라!”

예린이가 뜬금없는 말을 꺼냈다.

“재미나 님이 어떻게 도와준다는 거야? 그분은 게임 콘텐츠 크리에이터잖아! 나무 심기랑 전혀 상관이 없는데!”

민아와 나는 못 믿겠다는 표정으로 예린이를 바라봤다.

“재미나 님도 환경 문제에 관심이 많대. 내가 옷에 흙탕물이 튄 사진을 인스타에 올린 거 너희들도 봤지? 사실 내 인스타 팔로워 중에 재미나 님 조카가 있어. 재미나 님 조카가 어떻게 된 일인지 궁금해 하길래 우리가 했던 일을 알려 줬거든. 근데 걔가 이걸 재미나 님한테 말한 거야. 그랬더니 재미나 님이 우리의 이야기를 직접 듣고 싶어 하셨어."

"우아, 신기하다."

며칠 후 3교시 수업이 막 끝날 때쯤 복도가 웅성거리는 소리로 가득 찼다.

"앗, 재미나 님이다!"

"에이, 설마. 재미나 님이 우리 학교에 왜 오겠어?"

"나 재미나 님 처음 봐. 진짜 신기하다."

복도에서 흥분한 아이들의 목소리가 들려왔다. 아이들의 함성이 점점 더 가깝게 들리더니 누군가 앞문을 똑똑 두드리는 소리가 났다.

"여기에 이예린 학생이 있나요?"

실제로 마주한 재미나 님은 얼굴에서 빛이 났다.

"네! 제가 이예린이에요."

예린이는 의기양양한 표정으로 손을 번쩍 들었다.

"안녕하세요? 저는 크리에이터 재미나예요. 예린 학생이 초대해 줘서 문주 초등학교를 방문하게 되었어요. 한 명의

Capt'n

친구를 위해 반 친구들이 모두 나서서 나무를 심었다니 대단해요. 다른 학년도 함께 참여하기로 했다면서요?"

"네! 4학년이랑 6학년도 함께하고 싶다고 했어요. 그런데 땅이랑 묘목이 없어서 못 하고 있어요."

예린이는 긴장한 것처럼 보였지만 재미나 님한테 우리의 상황을 잘 설명했다.

"친구들이 마음을 모았는데 안타까운 상황이네요. 저도 여러분을 도울 방법을 찾아볼게요."

사흘 뒤, 재미나 님의 영상이 너튜브에 올라왔다. 재미나 님이 직접 나무를 심고 귀여운 이름표를 달아 주는 영상과 함께 재미나 님은 우리 반 이야기도 해 주었다. 감사하게도 탄소 배출권을 받으면 문주 초등학교로 보내 달라는 요청도 해 주었다.

유행이 되다

중간놀이 시간에 친구들과 함께 축구를 하고 있었는데 검은색 승용차들이 운동장 안으로 줄줄이 들어왔다. 학교에 무슨 일이 생겼나 싶었는데 종례 시간에 그 이유를 알 수 있었다.

"여러분, 오늘 문주시청에서 우리 학교를 방문해 주셨어요. 놀랍게도 재미나 님의 영상을 보시고 문주시 시유지에 나무를 심을 수 있게 해 주신대요!"

선생님이 흥분한 얼굴로 말했다.

"선생님! 이제 나무를 심을 수 있게 되었네요? 그럼 부족한 묘목은 어떻게 해요?"

나도 기쁜 얼굴로 물었다.

"그건 문주시 배드민턴 동호회에서 지원해 주고 싶다고 연락이 왔단다."

'이렇게 도와주시는 분들이 많다니 너무나 감사하다!'

나는 탄소 중립과 실직이라는 말을 처음 들었던 그날 밤이 생각났다. 그때는 어떻게 해야 할지 몰라 막막하고 두려웠는데 반 친구들, 김주찬 박사님, 학교 선생님들, 동네 어른들까지 모두 함께하니 이젠 두렵지 않다. 눈물이 나오려고 했지만 눈에 힘을 주고 애써 태연한 척했다. 가슴이 벅차오르는 순간이었다.

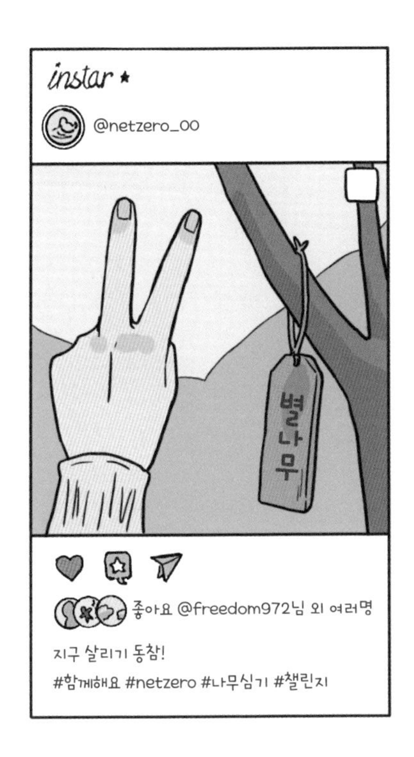

또 한번 나무를 심기로 한 날, MJS 방송국에서 〈지구를 살리기 위해 나무를 심는 아이들〉이라는 주제로 취재

를 나왔다. 그리고 전국의 초등학생들이 TV와 재미나 님의 영상을 보고 우리를 따라 나무 심기 캠페인을 시작했다. 재미나 님처럼 나무를 심은 다음에 작은 이름표를 걸어 놓고 인증 사진을 찍는 유행이 생겨나기도 했다. 매스컴의 힘은 정말로 대단했다. 다른 지역에 있는 초등학교에서도 우리에게 탄소 배출권을 보내 주었다. 전교생이 다섯 명인 학교에서도 팽나무 열일곱 그루를 심어서 탄소 배출권 한 장을 보내 주었다. 그렇게 탄소 배출권이 전국에서 모여들기 시작했다.

"벌써 500장이 넘었어?"

"500장 넘은 지가 언젠데."

"아냐, 민아가 800장 넘었댔어."

나무 심기를 시작한 지 한 달 만에 탄소 배출권이 1,000장이 넘었다.

"지안아!"

방과 후 학교가 끝나고 교문을 나서는데 아빠 목소리가 들렸다.

"어? 아빠! 이 시간에 무슨 일이에요?"

나는 아빠가 일을 그만둔 줄 알고 가슴이 철렁했다.

“오랜만에 우리 아들이랑 데이트 좀 하려고 왔지.”

다행히도 아빠의 표정이 밝아 보였다.

우리는 차를 타고 해안가를 달렸다. 달리는 차 안에서 보는 바다는 유난히도 싱그러웠다. 시원한 바람이 뺨에 닿고 짭조름한 냄새가 코를 스쳐 지나갔다. 붉게 물든 노을빛과 파도 소리가 나의 마음을 토닥이는 것 같았다.

“지안아, 내일 문주 초등학교에서 탄소 배출권 전달식이 열린다면서?”

나는 아빠가 무슨 얘기를 꺼낼까 싶어 마음이 조마조마했다.

“네, 아빠 회사 분들도 오신다고 들었어요.”

“회사에서 너와 친구들이 큰일을 했다고 나도 참석해 달라고 하더구나. 학교에서 나무 심기 캠페인을 했다는 것은 TV에 나와서 알고 있었는데, 너희 무슨 일을 한 거니?”

아빠가 매우 궁금한 얼굴로 물었다.

“사실은 한 달 전쯤에 엄마, 아빠가 회사에 대해 얘기하는 걸 들었어요. 아빠가 실직될 수도 있다는 이야기를 듣고 누나한테 어떻게 된 일인지 물었죠. 그러다 탄소 중립 때문이라는 사실을 알게 되었어요. 마침 제 친구의 할아버지께서 탄소 중립을 오랫동안 연구한 박사님이셔서 박사님께 문제를 해결할 수 있는 방법을 알려 달라고 했어요. 친구들도 도서관에서 필요한 자료를 함께 찾아 주었고요. 그러다 나무 심기 캠페인을 시작한 거예요."

"……."

아빠는 한참 동안 말이 없었다. 아빠의 심정을 알 것 같아 나도 조용히 바다를 바라봤다.

"우리 지안이가 언제 이렇게 컸을까! 엄마, 아빠가 너희를 어리게만 생각해서 회사 이야기를 안 했는데 이렇게 고민하고 애써 주다니 정말 고맙고 장하구나."

아빠가 나를 꼭 안더니 등을 토닥토닥 두드려 주었다.

"앞으로 무슨 일이 있으면 너희한테도 꼭 터놓고 이야기해 줄게."

"네, 아빠."

아빠가 나를 보며 빙그레 웃었다.

다음 날, 드디어 탄소 배출권 전달식이 열렸다. 엄마, 아빠 그리고 푸스카 회사 직원분들이 학교 강당에 모였다. 나무 심기에 참여했던 아이들도 같이 모여 뿌듯한 마음을 나눴다.

저만치에서 아빠와 회사 어른 한 분이 나한테 다가왔다.

"대표님, 이 아이가 제 아들입니다."

"안녕하세요? 이지안입니다."

"어른도 하기 어려운 일을 어린 친구가 해내다니, 정말 대단하구나!"

대표님이 웃으며 나한테 악수를 청했는데, 악수를 하고 나니 왠지 내가 어른이 된 것 같았다.

"우리 푸스카를 아끼고 도와주셔서 여러분께 감사한 마음을 전합니다. 문주 초등학교 학생들이 지역 문제에 관심을 갖고 해결하기 위해 협력하는 모습을 보고 감동받았습니다. 고맙습니다!"

푸스카 대표님이 연설을 마치고 허리를 숙여 인사하자 사람들이 환호성을 보내며 힘차게 박수를 쳤다. 그다음으로 아빠가 마이크를 잡았다.

"안녕하세요. 저는 5학년 이지안 학생의 아버지입니다. 어제 지안이한테 그동안 여러분이 어떤 노력을 했는지 자세히 들었습니다. 친구를 위해 한마음으로 도와주며 깊은 우정을 나눠 줘서 참 고맙습니다. 지안이도 여러분이 힘들 때 도움이 되는 아이가 되었으면 좋겠습니다.”

아빠의 이야기가 끝나자 민규가 나를 쳐다보았다.

“이지안, 너네 아빠 말씀도 잘하시고 되게 잘생기셨다. 근데 너는 아빠 안 닮았다.”

그러자 옆에 있던 친구들이 킥킥대며 웃었다. 평소 같으면 나도 똑같이 되갚아 주었겠지만 오늘은 왠지 민규의 말이 하나도 거슬리지 않았다.

‘아, 행복하다!’

탄소 저장고, 고래

“벌써 1,300장이 넘었네?”

우리는 날마다 학생 회의실 칠판에 탄소 배출권 합계 수량을 기록했다.

“1,000장으로는 아직 어림없어.”

그때 연호가 단호한 목소리로 말했다.

“그게 무슨 소리야?”

나는 연호의 말이 이해되지 않았다.

“할아버지 말씀으로는 푸스카 정도의 큰 회사라면 탄소 배출권이 최소 100만 장은 있어야 한대.”

“뭐? 100만 장이나? 그럼 지금까지 1,000장 모았으니까 겨우 1,000분의 1이네. 휴, 아직도 멀었잖아.”

전국에 있는 초등학교가 함께했는데 겨우 1,000분의 1이라니 나는 맥이 빠졌다.

“야, 이지안. 그렇다고 실망하면 어떡해! 새로운 방법을 찾아보자.”

하지만 나를 달래는 민아의 목소리에도 기운이 없다. 그때 어디선가 들릴 듯 말 듯 한 작은 목소리가 들렸다.

“고래!”

평소에 말을 거의 하지 않던 은성이였다.

“큰 고래 한 마리는 평생 이산화 탄소를 33톤가량 흡수한대. 나무 한 그루가 1년 동안 흡수하는 이산화 탄소량 22kg과 비교하면 엄청 대단한 양이야.”

아이들이 어리둥절한 표정으로 은성이를 쳐다봤다.

“고래는 평균 수명이 100년이 넘고 몸무게도 수십 톤에서 백 톤이나 되는데 그 몸속에 엄청난 양의 탄소를 품고 있어. 그러다 고래가 죽어 심해로 가라앉게 되면 수만 년 동안 탄소가 저장되는 거지.”

은성이가 우리를 바라보며 차분한 목소리로 이야기했다.

"뭐, 진짜야?"

예린이가 눈을 동그랗게 뜨고 물었다.

"응, 지금은 고래가 멸종 위기 동물로 개체 수가 줄어서 저장되는 탄소의 양도 적지만 200년 전처럼 고래의 개체 수가 늘어난다면 1년에 2억 2천만 톤의 탄소가 해저에 저장될 수 있어. 이 양이 무려 우리나라 1년 온실가스 배출량의 3분의 1 정도나 된대."

은성이는 온갖 방대한 양의 지식을 AI처럼 척척 말했다.

"우아! 은성이는 고래 박사구나!"

친구들이 감탄하면서 은성이의 말에 집중했다.

"게다가 고래가 있는 곳에는 식물성 플랑크톤의 양이 증가한대. 고래의 배설물에는 식물성 플랑크톤이 자라는 데 필요한 철분과 질소

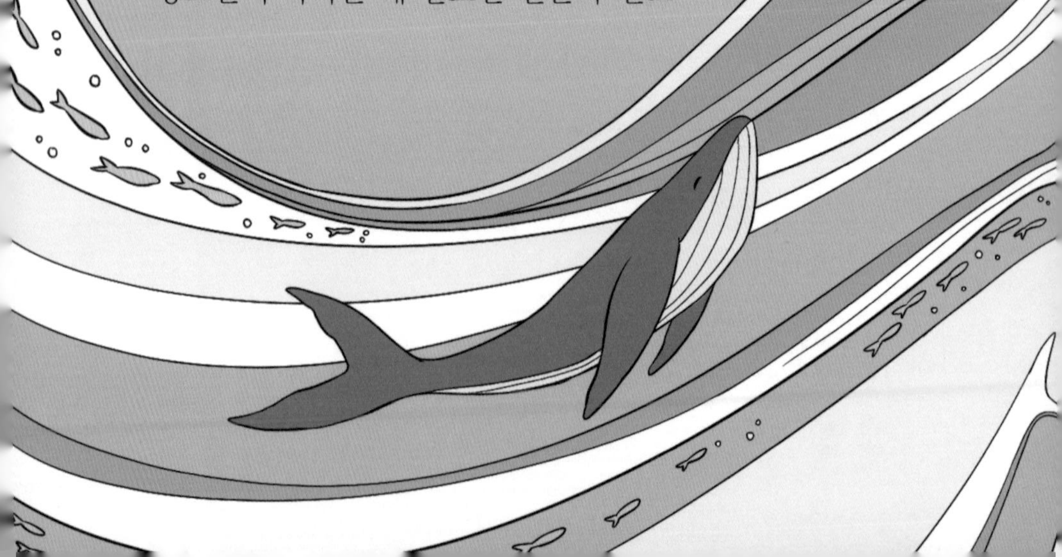

가 포함되어 있기 때문이야.

만약 고래가 전 세계 바다를 자유롭게 이동하고 번식해서 식물성 플랑크톤이 잘 자랄 수 있다면 더 많은 양의 탄소를 포집할 수 있을 거야."

"수족관에 있는 돌고래를 바다로 풀어 주면 탄소 배출권을 어마어마하게 받을 수 있겠는데?"

민아가 은성이의 어깨를 잡고 큰 소리로 말했다.

"은성아, 너 이런 지식을 어디서 얻었어?"

"도서관에 있는 책에서도 보고 생태학자인 최재한 박사님의 영상에서도 봤어."

"그런데 나무는 우리가 직접 심을 수 있지만 고래는 어떻게 하지? 달걀처럼 몇 주 만에 부화시킬 수 있는 것도 아니고……."

"은성아, 고래의 개체 수를 쭉쭉 늘리려면 어떻게 해야 해?"

민아의 물음에 다른 아이들도 은성이한테 귀를 기울였다.

"수족관에 있는 돌고래를 바다에 풀어 주면 새끼를 낳는대. 최근에도 최재한 박사님이 여러 어른들과 노력해서 수족관에 갇혀 있던 남방큰돌고래들을 제주 앞바다에 풀어 줬어. 그랬더니 돌고래들이 더 먼 바다로 나가서 짝을 지어 새끼를 낳았대."

열심히 답을 하는 은성이의 귀와 뺨이 발그레해졌다.

"나도 그 이야기를 영상에서 봤어. 드론으로 촬영한 영상이었는데 제주 앞바다에서 방생한 돌고래들이 물 위로 뛰어오르자 사람들이 손뼉을 치고 좋아했어. 고래 이름이 춘식인가 재순인가 그랬는데 엄청 귀여웠어."

민규도 거들었다.

“물론 돌고래는 고래에 비해 몸집이 작아서 탄소 포집량이 적지만 탄소 중립에는 분명 도움이 될 거야.”

은성이는 끝까지 또박또박 말했다.

“앞으로 학급 회의를 할 때는 꼭 은성이한테 발표를 시켜야겠다. 너는 조용히 공부만 하는 줄 알았더니 말도 잘하는구나!”

민아가 눈을 반짝거리며 말하자 은성이의 뺨이 또다시 발그레해졌다.

우리는 고래와 탄소 중립에 관해 더 공부하기 위해 학교 도서관으로 향했다. 관련 책들을 살펴보면서 ‘직접 공기 포집(DAC)’ 기술이라는 것도 알게 되었다. 주변 공기에서 이산화 탄소를 추출하기 위해 화학적 또는 물리적 공정을 사용하는 기술을 말하는데 탄소 중립을 실현하는 방안으로 개발하고 있다고 한다. 아주 오래전부터 고래가 이 일을 스스로 해내고 있었다니 놀라울 따름이었다.

“우리 돌고래를 위해 뭔가 해 보자!”

그때 내 머릿속에 아이디어가 떠올랐다.

"우리가 뭘 할 수 있는데?"

연호가 팔짱을 끼고 무슨 말인지 모르겠다는 듯이 말했다.

"너희들 문주랜드 수족관에도 돌고래가 있는 거 알지? 학생회에서 두 달에 한 번씩 교통안전 캠페인을 하잖아. 쉬는 달에는 '돌고래를 다시 바다로 보내기' 캠페인을 하면 어때?"

내가 연호의 어깨에 팔을 척 올리면서 말했다.

"오, 좋은데!"

아이들이 일제히 소리쳤다.

"얘들아, 쉿! 다른 친구들이 책을 읽고 있으니 목소리를 낮춰 줄래?"

"아이코, 죄송합니다!"

"얘들아, 우리 얼른 나가자."

새로운 아이디어에 흥분한 우리는 급하게 도서관에서 나와 다른 곳에서 회의를 하기로 했다.

"돌고래가 귀여우니까 굿즈를 만들면 어때? 캠페인을 할 때 나눠 주면 사람들이 더 많은 관심을 가질걸?"

예린이가 기발한 의견을 냈다.

"좋은 생각이긴 한데 무슨 돈으로 굿즈를 만들지? 학생회

예산이 별로 없어."

민아가 입을 쫑긋하며 대답했다.

"내가 누구야. 만지기만 하면 다 되는 금손인 거 알지?"

예린이가 두 손을 들어 보이며 말했다.

"그건 인정! 그래서 돈 안 들이고 굿즈를 만들 수 있는 방법이 있어?"

다시 민아의 눈이 반짝거렸다.

"가방에 걸 수 있는 열쇠고리를 만들면 어때? 지난번 미술 시간에 활동하고 남은 '만들기용 나무 조각 꾸러미'가 있잖아. 거기에 다양한 모양 조각이 있어. 그 조각에 돌고래를 그리고 구멍을 뚫어서 줄이랑 고리를 연결하면 돼. 어때?"

"오! 좋은 생각인데."

예린이의 아이디어에 친구들이 함성을 질렀다.

"그럼, 줄이랑 고리만 사면 되겠네."

예린이가 덧붙였다.

"한두 개 사면 비싼데 온라인 쇼핑몰에서 대량으로 사면 싸게 살 수 있어."

연호도 신이 났는지 적극적으로 아이디어를 냈다.

"근데 나는 수학은 잘하지만 미술은 똥손인데."

"걱정 마! 내가 밑그림을 그리면 너희들이 각자 나눠서 색칠만 하면 돼."

예린이가 자신만만한 목소리로 연호를 안심시켰다.

우리는 임시 학급 회의를 소집해 돌고래를 다시 바다로 보내기 캠페인을 안건으로 올렸다.

"문주랜드 수족관에 갇혀 있는 돌고래를 구해 주세요!"

"고래들이 많아지면 기후 위기를 막을 수 있어요!"

반 아이들은 등교 시간에 교문 앞에서 목이 터지도록 외쳤다.

"고래랑 기후 위기가 무슨 상관이 있어?"

지나가던 6학년 형이 우리에게 질문했다. 그 주변에 있던 다른 학생들도 궁금하다는 듯이 우리를 쳐다봤다. 민아랑 나는 서로 씩 웃으며 은성이가 준비해 준 피켓을 꺼내 들었다.

"고래는 평생 엄청난 양의 이산화 탄소를 흡수한대요. 지금은 고래가 멸종 위기에 처해 있어 저장하는 탄소의 양이 적지만 200년 전처럼 개체 수가 늘어난다면 1년에 2억 2천만 톤의 탄소가 해저에 저장될 수 있어요. 이건 우리나라

1년 온실가스 배출량의 3분의 1 정도라고 해요. 그래서 고래가 많아지면 온실가스를 줄일 수 있으니까 지구도 살릴 수 있어요."

우리의 설명을 들은 학생들은 고래에 대한 새로운 사실을 알게 되었다며 고맙다고 했다. 옆에서는 민규와 예린이가 고래 열쇠고리를 나눠 주었다. 특히 싱글벙글 잘 웃는 민규 앞에는 1, 2학년 학생들이 몰려들었다.

"우아! 열쇠고리 너무 귀엽다!"

"형, 하나만 더 주면 안 돼요? 우리 엄마 갖다주고 싶어요."

1, 2학년 학생들은 탄소 중립은 잘 이해하지 못했지만 열쇠고리에는 관심이 많았다.

"한 명당 한 개지만 귀여운 후배들에게는 안 줄 수 없지. 자 이거 따라 하면 한 개씩 더 줄게."

민규가 주먹을 불끈 쥐었다.

"돌고래도 살리고 지구도 살립시다!"

"돌고래도 살리고 지구도 살립시다!"

후배들은 열쇠고리를 한 개씩 더 받고는 신이 나서 구호를 크게 외치며 교실로 들어갔다.

돌고래
열쇠고리

바다로 다시 돌아가다

학생들은 너나없이 돌고래 열쇠고리를 가방에 달고 다녔다. 나는 그 모습을 볼 때마다 가슴이 뜨거워졌지만, 그렇다고 해서 현실적으로 달라진 건 없었다.

"문주랜드에 있는 돌고래가 바다로 돌아가려면 어떻게 해야 하지?"

내가 친구들한테 물었다.

"우리 예전에 시 의회에 다녀왔잖아. 우리의 생각을 모아서 시 의회에 건의해 보면 어때?"

민아가 의견을 내자 모두 동의했다. 그런 다음 전교 학생

회의 때 이 안건으로 더 많은 학생들과 이야기를 나누었다.

우리는 문주랜드의 돌고래를 풀어 주자고 주장하는 이유를 정리해서 시 의회 홈페이지에 올렸고 며칠 후, 답변이 올라왔다. 문주랜드의 주장에 의하면 수족관에 있는 돌고래는 어렸을 때부터 사람들 손에 의해 길러졌기 때문에 바로 바다에 방생하면 죽을 수도 있다고 했다. 현재 내부에서도 돌고래를 방생하자는 의견과 그냥 두자는 의견이 팽팽하게 갈려서 당장 결정하기 어렵다는 답변이었다. 모두 돌고래를 위하는 마음은 같은데 방법이 다르다는 생각이 들었다.

"얘들아, 문주랜드에 제일 많이 방문하는 사람들이 어린이와 부모님들이잖아. 문주랜드에 우리가 바라는 것을 전하면 어때? 돌고래는 풀어 주고 돌고래가 있던 자리에는 고래가 탄소 중립에 얼마나 중요한 역할을 하는지 알려 주는 체험관을 만들어 달라고 하는 거야. 아마 전국 최초일걸? 어른들은 최초 그런 거 좋아하잖아."

나는 곰곰이 생각했던 내용을 또박또박 말했다.

"거기에서 돌고래 열쇠고리 만들기 체험도 하고 돌고래 모양 놀이기구도 탄다면 아이들이 엄청 좋아하겠다."

민규도 내 의견에 맞장구쳤다.

“맞아, 우리는 보는 것보다 직접 체험해 볼 수 있는 문주랜드를 원해!”

민아도 신나는 목소리로 외쳤다.

“그러면 이 제안을 시 의회에 다시 건의해 보자.”

우리는 ‘문주랜드를 변신시켜 주세요!’라는 피켓을 만들고 서명지도 돌렸다. 포스터도 만들어 학생회 게시판에 붙였다. 전에 했던 나무 심기 캠페인 덕분인지 많은 친구가 서명에 참여했다. 돌고래를 계속 보고 싶어서 서명하지 않겠다는 친구를 만나면 탄소 중립과 고래가 어떤 관계가 있는지 자세히 설명해 줬다. 이제 우리는 탄소 중립 박사님처럼 탄소 중립 이야기를 술술 할 수 있게 되었다.

“얘들아, 옆 학교 애들한테도 같이 참여하자고 말해 보면 어때? 내가 오늘 수학 학원에 가서 이야기하고 서명을 받아 올게.”

“나도 무용 학원에 가서 친구들을 설득해 볼게!”

“나도 서명을 받아 올게.”

우리는 제안서와 친구들의 이름이 적힌 서명지를 모아 다시 시 의회에 제출했다.

몇 달 뒤, 은성이가 헐레벌떡 교실로 뛰어왔다.

"얘들아! 얘들아! 너네 그 소식 들었어? 문주랜드에 있는 돌고래를 방생하기로 했대!"

"뭐? 정말이야?"

나는 깜짝 놀라 은성이한테 물었다.

"어, 언제 방생한다는 거야?"

"근처 바다에서 적응 훈련을 마치면 방생한대."

은성이의 말에 나와 친구들은 두 손을 맞잡고 폴짝폴짝 뛰었다.

"얘들아! 우리 돌고래 방생하는 날, 다 같이 바다에 가 볼까?"

은성이가 조심스럽게 이야기했다.

"당연하지! 우리 모두 가서 돌고래를 응원해 주자."

나는 은성이의 제안에 힘을 실어 주었다.

"너희와 함께 돌고래를 위해 행동할 수 있어서 너무 즐거웠어."

은성이가 수줍게 말을 꺼냈다. 처음엔 아빠 회사를 살리기 위해 내가 시작한 일이지만 우리 모두는 어느새 지구를 살리기 위한 활동을 하고 있었다.

'친구들과 함께라면 뭐든지 할 수 있을 것 같아.'

이 순간 이후로 친구들을 향한 고마움과 믿음이 더욱 강해졌다.

드디어 돌고래를 방생하는 날이 되었다. 나, 민아, 연호, 민규, 은성, 예린이는 아빠의 차를 타고 바다로 향했다. 시간이 지나자 우리 말고도 많은 사람들이 바닷가로 모여들었다. 돌고래를 방생하는 순간이 가까워지자 가슴이 콩닥콩닥 뛰기 시작했다. 기쁜 마음이 들면서도 돌고래들이 거친 바다에 나가 잘 적응할 수 있을지 걱정되었다.

"와, 저기 돌고래다!"

사람들이 가리키는 곳을 보자 드디어 돌고래의 모습이 보였다.

'돌고래야, 그동안 좁은 데서 고생했어. 이제는 바다에서 맘껏 헤엄치렴.'

돌고래들은 한동안 제자리에서 맴돌더니 기분이 좋은지 위로 몇 번이나 점프를 했다. 사람들은 그 모습을 보고 함성을 지르며 박수를 쳤다. 나는 먼바다로 나아가는 돌고래들의 모습이 보이지 않을 때까지 바다에서 눈을 떼지 못했다.

"문주시는 고래를 풀어 줘서 탄소 배출권 1,000장을 받았단다. 탄소 배출권을 문주시에 있는 해외 수출 기업에 나눠준다고 하더구나. 물론 푸스카도 해당돼. 너희들이 엄청난 일을 한 거야."

아빠가 힘찬 목소리로 기쁜 소식을 알려 주었다.

“아빠, 정말이에요? 돌고래 두 마리에 탄소 배출권이 1,000장이라니!”

“오늘은 아주 의미 있는 날이니 맛있는 거 먹으러 가자. 아저씨가 쏜다!”

오늘은 일석삼조의 날이다. 돌고래도 살리고, 푸스카도 살리고, 환경도 살리고.

푸스카 현장 학습

“여러분, 오늘은 푸스카에서 버스를 보내 줘서 5학년 전체가 푸스카로 현장 학습을 가게 되었어요.”

“우아!”

선생님의 말에 반 친구들 모두가 소리를 지르며 손뼉을 쳤다.

이윽고 버스가 푸스카에 도착했다. 우리는 안내 직원을 따라 푸스카를 돌아보며 한참 동안 회사 구경을 했다.

“야! 건물이 진짜 많다.”

“크기도 엄청 크네. 푸스카가 이렇게 큰 회사인지 처음 알았어."

"여기서 길 잃어버리면 집에 못 가겠다!"

나는 푸스카 가족 초대 행사 때 아빠를 따라 이곳에 방문한 적이 있어 알고 있지만 처음 온 아이들은 회사의 규모에 입을 다물지 못했다.

"여러분, 안녕하세요? 푸스카를 생각해 주고, 환경을 위해 앞장서는 여러분의 이야기를 듣고 너무나 고마웠습니다. 이렇게 직접 만나 감사 인사를 할 수 있게 되어 기쁩니다."

푸스카 안내 직원은 아이들과 일일이 눈을 맞추며 이야기를 이어 갔다. 푸스카에서는 현재 탄소 중립형 공정 원천 기술, 이산화 탄소 포집 기술 등을 연구하여 철강 제품 생산에 일부 적용하고 있다고 했다.

"하지만 여전히 문제가 있어요. 푸스카 공장에서 사용하는 전기 중 일부는 반드시 친환경 전기를 사용해야 하는데 친환경 전기량이 많이 부족해요. 우리나라에서 생산하는 전기 중에 친환경 에너지는 다른 나라들에 비해 비중이 상당히 낮거든요."

"탄소 배출권만 있으면 문제가 해결되는 줄 알았는데, 친환경 전기 사용 의무가 있다는 건 몰랐어요."

연호가 손을 들고 말했다.

"네, 맞아요. 여러분이 모아 준 탄소 배출권은 정말 큰 도움이 되었답니다. 하지만 친환경 전기 문제가 해결되지 않는다면 여전히 수출하는 데에 어려움이 있습니다."

탄소 배출권만 열심히 모은다고 문제가 해결되는 게 아니었다니, 우리는 새로운 고민거리를 듣고 속상한 마음을 안은 채 다시 학교로 돌아왔다. 이건 초등학생이 어떻게 한다고 해서 해결할 수 있는 문제가 아니다. 우리가 풍력 발전소나 조력 발전소를 세울 수는 없으니 말이다.

"우리끼리만 상의하지 말고 선생님, 부모님들과 함께 고민을 나눠 보는 건 어때?"

뾰족한 수가 없던 우리는 학생, 학부모, 선생님이 함께 하는 회의인 3주체 협의회에서 친환경 에너지 및 탄소 중립에 관한 문제 해결을 안건으로 올렸다.

"안녕하세요? 저는 5학년 학생 대표 송민아입니다. 그동안 저희들은 푸스카를 돕기 위해 나무를 심어서 탄소 배출권을 받았습니다. 이 일이 알려지자 전국의 다른 초등학생들도

함께 참여해 줘서 더 많은 탄소 배출권을 받을 수 있었어요. 돌고래를 다시 바다로 보내기 캠페인도 했습니다. 이 모든 것은 친구들이 함께했기에 이룰 수 있었던 결과라고 생각합니다."

이때 갑자기 박수가 터져 나왔다. 민아가 상기된 표정으로 말을 이어 갔다.

“하지만 이것만으로는 탄소 배출과 관련된 문제가 해결되지 않는다고 합니다. 푸스카에서 물건을 생산할 때 전기가 필요한데 반드시 친환경 전기를 써야 한대요. 이건 저희들이 할 수 있는 문제가 아닌 것 같아서 이곳에 안건으로 냈습니다. 여러분들이라면 함께 방법을 찾아 주실 것 같아서요.”

그러자 여러 의견이 오가기 시작했다.

“혹시 가정용 태양광 발전 시스템을 아시나요? 한양시에 있는 일부 구청에서는 아파트 에어컨 실외기실에 태양광 발전기를 사용할 수 있게 설치 비용을 지원해 준대요. 몇 년이 지나면 설치 비용을 모두 회수할 수 있다고 하네요.”

한 학부모 위원이 의견을 냈다.

“그뿐 아니라 가정용 풍력 발전기도 있어요! 휴대용 풍력 발전기도 있고요.”

“우리 문주시는 바다와 가까우니 풍력을 이용하는 방법도 괜찮겠네요.”

역시 어른들은 우리보다 아는 게 많았다. 나는 어른들의 이야기를 들으며 풍력 발전기에는 바람개비 모양뿐 아니라

수직 터빈 발전기도 있다는 걸 알게 되었다. 태양광 발전 시스템과 풍력 발전에 대한 부분은 학부모님들이 맡아서 방법을 찾아보기로 했다.

"자동차를 이용하는 대신 가까운 거리는 걸어 다니면 어떨까요?"

그때 6학년 대표 허준기 형이 초등학생들이 당장 실천할 수 있는 일을 제안했다.

"탄소 배출을 조금이라도 줄이기 위한 의미 있는 실천이네요. 1km씩 걷는 것부터 천천히 실천해 봐도 좋겠어요."

한 선생님이 허준기 형을 칭찬하며 말했다.

"선생님! 1km가 어느 정도 거리예요?"

내가 손을 들고 물었다.

"우리 학교에서 문주시청까지가 1.1km 정도 된단다."

선생님은 우리가 이해하기 쉽게 설명해 주었다.

"선생님, 저희 4학년들이 걷기에 1km는 너무 먼 거리인 것 같아요."

그때 4학년 대표가 곤란한 표정을 지으며 말했다.

"6학년 중에 문주시청 근처에 있는 학원에 다니는 학생들

문주시청
1km
문주 초등학교

이 많으니까 저희가 먼저 학교 끝나고 걸어가 볼게요."

3주체 협의회가 끝나고 6학년 몇몇 학생들이 먼저 1km 걷기를 실천했다.

몇 주 뒤, 6학년 형들을 찾아가 1km 걷기를 잘하고 있는지 물었더니 첫날에는 먼 느낌이었는데 며칠 동안 걷다 보니 그리 멀지 않게 느껴진다고 했다. 그리고 어느새 더 많은 학생이 걸어서 학원에 다니기 시작했다.

1km 걸어 다니기 도전!

오늘은 내가 가장 좋아하는 수요일이다. 왜냐하면 5교시에 창의적 체험활동 시간이 있기 때문이다.

"오늘 창의적 체험활동 시간에는 학급 회의를 하겠습니다. 지난번 3주체 협의회에서 이번 달을 '탄소 중립의 달'로 정했습니다. 각 학급별로 탄소 중립을 위해 할 수 있는 일이 무엇인지 찾아보고 함께 실천해 보면 좋겠습니다. 의견이 있는 분은 손을 들고 발표해 주세요."

회장인 민아가 학급 회의를 진행했다. 먼저 연호가 손을 들었다.

“안 쓰는 가전제품은 플러그를 뽑아서 전기를 절약하는 것입니다.”

연호가 자신만만한 목소리로 의견을 냈다.

“좋은 의견입니다. 또 다른 의견이 있나요?”

“소나 돼지와 같은 가축들이 탄소를 많이 배출한다고 합니다. 그래서 고기를 덜 먹어야 한다고 생각합니다.”

은성이가 조심스레 말을 꺼냈다.

“그러면 일주일에 하루는 급식을 고기 없는 날로 하자고 영양사 선생님께 건의해 보면 어떨까요?”

예린이가 은성이의 의견에 새로운 아이디어를 더했다.

“뭐라고요? 고기를 안 준다니 그건 말도 안 됩니다. 저는 급식 먹는 재미로 학교에 오는데요! 고기를 덜 먹는 대신 자원을 절약하기 위해 한 달 동안 같은 옷 입기는 어때요?”

“하하하.”

민규의 장난스러운 제안에 교실이 웃음바다가 되었다. 민아는 민규의 생각도 중요하다며 의견을 존중해 주었다. 그때 나한테도 좋은 생각이 떠올랐다.

“우리도 6학년처럼 1km씩 걸어 다니기를 하면 좋겠습니다! 몸도 튼튼해지고 돈도 절약하는 데다가 탄소를 줄일 수 도 있습니다."

"그런데 1km를 걸었는지 어떻게 확인하죠?"

민아가 내 의견을 듣더니 모두한테 물었다.

"1km 걷기를 참여하는 사람들한테 만보기를 나눠 주면 어떨까요?"

내가 슬쩍 아이들의 눈치를 보며 말했다.

"그럼 만보기를 사야 하잖아."

가만히 듣던 민규가 말했다.

"스마트폰에 만보기 앱을 깔고 1km 걷기 인증 사진을 SNS에 올리면 어때요?"

연호가 환한 얼굴로 물었다.

"오, 좋은 생각인데?"

반 아이들 모두 연호의 만보기 앱 제안에 동의했다.

얼마 뒤 학생들뿐 아니라 부모님들도 1km 걷기 운동에 함께 참여하기 시작했다. 문주 초등학교 5학년 학생들의 걷기 인증은 어느새 유행이 되어 1학년 후배들까지도 걷겠다고 나섰다. 예린이가 인스타에 자신의 1km 걷기 인증 사진을 공유하자 재미나 님이 우리의 활동을 또 한 번 공유하며 자신은 3km씩 매일 걸어 다닌다고 인증 영상을 올렸다. 그 영상에는 우리가 만든 돌고래 열쇠고리도 나왔다. 반응은 상상 이상으로 폭발적이었다. 1km 걷기 운동이 전국적으로 유행하기 시작했고, 유명 연예인들까지 참여하여 MBS 뉴스에 보도가 되었다. 몇 달 뒤에는 학부모님들의 노력으로 문주시에 있는 아파트에 가정용 태양광 발전 시스템 시범 사업을 진행하기로 했다는 반가운 소식도 들려왔다. 우리가 시작한 탄소 중립을 위한 작은 실천들이 주변으로 확산되어 가는 모습을 보니 마치 꿈을 꾸는 것만 같았다.

오래된 숙제의 열쇠

드높은 하늘 아래 뜨거운 햇볕이 내리쬐는 가을이다.

'이대로 가을이 사라지는 건 아니겠지?'

창밖을 보며 생각에 잠겨 있는데, 아빠가 웃으며 방으로 들어왔다.

"지안아, 날씨가 참 좋은데 아빠랑 바다로 낚시하러 가 볼까?"

"우아! 좋아요. 아빠."

나는 기쁜 마음으로 아빠와 함께 바다 낚시에 나섰다.

푸른 바다를 보고 있으니 마음이 편안해졌다. 숨을 쉴 때

마다 나는 비릿한 바다 내음도 포근하게 느껴졌다. 나는 바다를 보며 잠시 생각에 잠겼다.

'탄소 배출량! 휴…….'

어느새 탄소 중립은 내 마음속에 늘 품고 있는 숙제가 되었다. 친구들, 선생님, 문주 시민, 전국의 초등학생들까지 모두 함께 탄소 중립을 위해 다양한 활동을 했다. 나무도 심어봤고 고래 캠페인도 했다. 그리고 가정용 태양광 발전 시스템, 가정용 풍력 발전기까지. 1km 걸어 다니기 운동은 지금도 활발하게 진행 중이다. 하지만 아직 문제가 완전하게 해결된 건 아니다.

"아빠, 회사는 요즘 괜찮아요?"

나는 낚싯대를 잡고 있는 아빠를 보았다.

"앞으로 2년 안에 탄소 중립 문제를 해결해야 한다고 하더구나. 그동안 지안이와 친구들이 많은 일을 하느라 정말 애썼어."

"그래도 아직 해결할 문제가 많죠?"

아빠는 대답 대신 살짝 웃어 보이며 고개를 끄덕였다. 이제 아빠와 고민을 나눌 수 있게 되어 마음 한 편이 편안해졌다.

며칠 후, 담임 선생님을 통해 갑작스러운 소식이 들려왔다. 어느 과학자 부부가 방송에 나온 우리를 보고 문주시청으로 직접 찾아온다고 한 것이다. 과학자 부부는 동물 생태학자 김수경 박사님과 화학자 이선재 박사님이었다. 두 분은 오래전부터 친환경 에너지 생산 기술과 고래에 관한 연구를 해 왔다고 한다. 시청에서 주관한 만남의 자리에 초대된 나와 민아, 민규, 예린, 연호, 그리고 은성이까지. 우리의 가슴이 콩닥콩닥 뛰었다.

"반가워요. 여러분의 이야기를 많이 들었어요. 탄소 중립을 위한 실천이 힘들었을 텐데 포기하지 않고 여기까지 해낸 여러분이 정말 자랑스럽네요."

김수경 박사님은 밝은 표정을 지으며 따뜻한 목소리로 우리를 아낌없이 칭찬해 주었다.

"여러분의 영상을 보면서 감동했어요. 그리고 제일 먼저 알려 주고 싶은 소식이 있어서 여러분을 문주시청으로 초대하게 되었답니다."

한껏 상기된 표정으로 말을 꺼내는 이선재 박사님의 목소리에는 기쁨이 가득 느껴졌다. 우리는 영문을 몰라 멀뚱히서 있었다.

“여러분, 고래에 대해 잘 알고 있지요?”

김수경 박사님이 다정한 목소리로 물었다.

“네, 처음에는 몰랐는데 고래가 탄소 저장 대장이라는 걸 알고 깜짝 놀랐어요.”

민아가 큰 소리로 대답했다.

“맞아요. 우리는 탄소를 공기 중에 포집하는 고래한테서 아이디어를 얻어 그동안 탄소 포집 기술을 연구해 왔답니다.”

열심히 설명하는 두 박사님의 모습에서 뭔가 좋은 일이 생긴 것 같아 설레는 마음이 들었다.

“그리고, 우리가 고래한테 배운 것을 응용해서 생산 공정 중에 발생한 탄소를 바로 포집하는 기술 개발에 성공했답니다. 지금 사용하고 있는 기술에 비해 효율도 아주 높아요!”

순간 내가 꿈을 꾸고 있는 건가 싶어 허벅지를 꼬집어 보았다.

“그리고 그 기술을 세계 최초로 푸스카에서 사용하기로 했어요. 어른들이 주춤하고 머뭇거릴 때 여러분이 보여 준 용기 덕분에 깊은 감명을 받았답니다.”

SUPER
ZERO

두 박사님의 이야기에 우리는 모두 손뼉을 치며 기뻐했다.

그날 밤 집에 돌아온 나는 조용히 방으로 들어가 이불을 뒤집어쓰고 눈물을 펑펑 흘렸다.

"엉엉엉……."

길었던 숙제가 마침내 끝난 것 같았기 때문이다.

얼마 뒤, 나는 두 과학자의 놀라운 소식을 뉴스를 통해 알게 되었다. 부부가 동시에 노벨상 후보에 올랐다는 이야기였다. 이와 함께 푸스카의 해외 수출 문제가 해결되어 내년부터 다시 철강 제품 수출이 대폭 증가할 거라는 뉴스도 보도되었다.

"됐다. 됐어! 정말이야!"

그 소식을 들은 누나와 나는 손을 맞잡고 크게 소리를 질렀다.

"아빠, 그러면 앞으로 계속 회사에 다니실 수 있는 거죠?"

"그래, 이제 된 것 같구나."

아빠를 꼭 껴안았던 순간이 얼마나 기뻤는지 모른다. 아빠의 표정도 평소보다 훨씬 환해 보였다.

다음 날, 부모님은 그동안 애썼다며 친구들을 우리 집에 초대해 파티를 열어 주었다.

"지안아, 아빠 회사 문제가 해결되서 기분이 어때?"

민아가 생글거리며 물었다.

"문제가 해결되었다는 게 꿈만 같고 꽤 시간이 지났는데 아직도 웃음이 나와. 다 너희들 덕분이야. 그때 너희한테 털어놓지 못했다면 여전히 나 혼자서 고민하고 있었을 거야."

내가 친구들을 한 명, 한 명 바라보며 말하자 아이들도 싱글벙글 웃었다.

"어떻게 모른 척하냐. 친구라면 당연히 우정을 지켜야지."

민규가 내 어깨에 팔을 두르며 너스레를 떨었다.

"그런데 민아야, 너는 100만 원을 기부하려고 했다가 선생님이 말려서 묘목 열 그루 값만 냈잖아. 그럼 남은 돈으로 뭐 할 거야? 나랑 쇼핑하러 갈래?"

예린이가 눈을 반짝이며 민아한테 물었다.

"흠, 쇼핑도 하고 싶지만 저축해 둘래. 나중에 대학생이 되었을 때 학비에 보태려고."

"민아, 너 대단하다! 초등학생이 벌써 대학교 학비를 저축하다니. 나중에 전공하고 싶은 분야가 있어?"

연호가 궁금하다는 듯이 민아에게 물었다.

"동물 생태학을 공부하고 싶어. 그중에서도 고래를 연구할 거야."

민아가 야무지게 대답했다.

"민아는 분명히 제2의 최재한 박사님이 될 거야. 연호, 너는 뭐가 되고 싶은데?"

내가 연호에게 물었다.

"나는 할아버지의 뒤를 이어서 세계 최고의 탄소 중립 전문가가 되는 게 꿈이야. 나중에 기후 위기를 극복하는 방법을 연구하고 싶어."

연호가 자신만만한 표정으로 대답했다.

"탄소 배출을 하지 않고도 고기를 마음껏 먹을 수 있는 방법도 연구해 줘. 고기를 많이 먹으면 그만큼 탄소도 많이 배출된다고 해서 밥 먹을 때마다 고기 덜 먹느라고 너무 힘들다. 고기를 참는 건 너무 힘든 일이야."

민규의 말에 모두가 깔깔거리며 웃었다.

"얘들아, 우리 저번에 온산에서 나무를 심었을 때 내 옷에 흙탕물이 잔뜩 튀었던 거 기억나? 사실 그 옷이 내가 제일 아끼는 옷이거든.”

예린이가 들뜬 목소리로 친구들에게 말했다.

“하지만 그 사진을 인스타에 올린 덕분에 재미나 님을 학교로 초대할 수 있었잖아. 예린이 네가 엄청난 일을 했지. 재미나 님의 동영상이 인기를 얻으면서 전국으로 1km 걷기 운동이 유행을 했으니까.”

민아가 예린이를 향해 엄지손가락을 세워 보였다.

“역시 우리 회장은 사람 보는 눈이 있다니까.”

예린이도 민아를 보며 환하게 웃었다.

“고래 박사 은성아, 너도 한마디 해 봐.”

민규가 은성이의 옆구리를 간지럽히며 말을 걸었다.

“음, 내가 말수가 적은 편이라 친구를 사귀기 어려웠는데 이번 일을 계기로 너희들과 친해지게 돼서 기뻐. 나무를 심었을 때도 재밌었지만 돌고래를 방생하는 날이 제일 즐거웠어.”

은성이가 똘망똘망한 목소리로 말했다.

“얘들아, 피자 다 식겠다. 빨리 먹자! 치킨도 바삭할 때 먹어야 제맛이라고."

역시 민규는 먹을 것에 진심이다. 하하 호호 웃으며 음식을 먹는 친구들을 보니 지난 몇 달간의 기억이 떠올랐다.

'탄소 중립……, 실직……, 퇴직……, 이사…….'

그때 부모님의 이야기를 듣고 혼자서 고민했더라면, 친구들이 도와주지 않았더라면 어땠을까? 만약 부모님과 선생님이 공부에만 집중하라고 했다면? 김주찬 박사님, 김영임 할머니, 재미나 님 등 수많은 어른들의 도움이 없었다면……. 생각할수록 더욱 고마운 마음이 들었다.

그리고 며칠 후, 우리의 긴 이야기가 신문에 실렸다.

지구를
땅 좀 줘요~
나무 심게
풍성하게
010-XXXX-AAAA
문주일보
'탄소 중립'으로 회사를 살린 아이들
초등학교에서 시작된 나무 심기부터
푸스카의 해외 수출 문제 해결까지

육지와 바다의 탄소 흡수 왕은 누구일까요?

육지의 탄소 흡수 왕 '나무'

나무별 1년간 이산화 탄소 흡수량[1)]

*흉고 직경 12cm 기준

팽나무는 1년간 **68.1**kg의
이산화 탄소를 흡수합니다.

느티나무는 1년간 **68.1**kg의
이산화 탄소를 흡수합니다.

메타세쿼이아는 1년간 **42.7**kg의
이산화 탄소를 흡수합니다.

벚나무는 1년간 **28**kg의
이산화 탄소를 흡수합니다.

흉고 직경이란 흉고 지름이라고도 하며 사람의 가슴 높이에 해당하는 나무줄기의 지름으로 나무의 지름을 가장 쉽게 측정할 수 있는 높이이다. 일반적으로 1.2m의 높이이다.[2)]

바다의 탄소 흡수 왕 '고래'[3)]

바닷속의 거대한 숲

고래는 사는 동안 몸에 탄소를 축적하고 죽은 후에는 바다 밑으로 가라앉게 됩니다. 고래의 몸에 축적되는 이산화 탄소의 양은 한 마리당 평균 33톤에 육박합니다.

바다를 비옥하게 만드는 고래의 배변 활동

고래는 심지어 분변으로도 지구를 살리는 데 도움이 됩니다. 고래의 분변은 식물 플랑크톤의 중요한 먹이가 되는데요. 플랑크톤은 대기 중 산소의 50% 이상을 생산할 뿐 아니라, 이산화 탄소의 40%인 370억 톤가량을 포집할 수 있습니다. 이는 1조 7천억 그루의 나무와 맞먹는 수준이며 아마존을 네 배로 합친 것과 비슷한 양이라고 할 수 있습니다.

고래를 지키는 것은 결국 지구를 지키는 것!

고래의 핵심 서식지에서 선박 속도를 제한하고 해양 보호 구역을 지정하는 등 고래의 서식 환경 보호를 위한 우리들의 노력이 필요합니다. 그뿐만 아니라 해양 오염의 주범인 플라스틱 사용을 줄이며 생활 속에서 올바른 환경 보호 활동을 계속해서 실천해 나가야 합니다.

출처

1) 김경남, 『탄소 지킴이 도시숲』, 국립산림과학원, 연구신서 제68호, 28p, 2012
2) 두산백과, 흉고지름, 2024
3) 해양수산부, 해양수산부 공식 블로그, 2024(글 조용우 부산환경교육센터 이사)

어느 날 다온 선생님, 용용 선생님, 그리고 몽몽 선생님이 만나서 이야기를 나눴어요.

"선생님, 탄소 중립 수업을 해 보셨어요?"

"그럼요. 반 아이들에게 '기후 위기 때문에 여름이 길어져서 큰일이야.'라고 했더니 한 학생이 '선생님, 저는 물놀이를 자주 할 수 있어서 좋은데요.'라고 말해서 놀랐어요."

"그렇군요. 그럼 다른 아이들의 반응은 어땠나요?"

"몇몇 학생들은 기후 위기의 심각성을 진지하게 생각하지만, 대다수는 자신과 상관없다고 여기더라고요."

"저도 '온책읽기' 후 탄소 중립 전문 강사를 모시고 아이들과 수업을 했는데 학생들이 탄소와 이산화 탄소를 구별하지 못하고 '탄소를 잘 없애자.'라고 이해해서 당황했어요. 그리고 지식으로는 알아도 일상에서 실천하기는 어려워하더라고요."

"아이들이 탄소 중립 개념을 이해하기 어려운가 봐요."

그래서 세 명의 선생님은 이 문제를 어떻게 해결하면 좋을지 고민하기 시작했어요. 도서관에 가서 탄소 중립에 관한 책을 여러 권 읽어 보기도 했지요. 모두 중요한 내용을 담고 있었지만, 초등학생들이 이해하기에는 어려워 보였답니다. 세 선생님은 학생들이 기후 위기의 심각성을 느끼고 지금 바로 탄소 중립을 실천해야 한다는 생각을 꼭 갖게 하고 싶었어요. 그래서 초등학생들이 주인공이 되어 문제를 해결하는 이야기를 쓰기로 했지요.

탄소 중립으로 회사를 살리는 아이들!

탄소 중립으로 아이들이 어떻게 회사를 살릴 수 있을까요? 허무맹랑해 보이는 이야기이지만, 그 속에는 우리나라를 포함한 전 세계가 마주한 문제들이 숨어 있어요. 유럽 연합의 '탄소국경조정제도'와 미국의 '청정경쟁법'이 추진되면서 국내 기업들은 해외 수출에 직접적인 영향을 받을 것으로 보여요. 탄소 중립은 기후 위기뿐만 아니라 경제와도 긴밀하게 연결되어 있으니까요. 인류는 기후 위기로 어려움에 직면해 있고 해결 방안으로 탄소 중립을 실천해야 한다는 목소리가 점점 높아지고 있어요.

여러분이 이 책을 읽고, 기후 위기와 탄소 중립이 먼 이야기가 아닌 우리 생활과 가깝게 맞닿아 있다고 느끼면 좋겠어요. 초등학생들의 눈높이에서 탄소 중립을 이해하고 실천할 수 있도록 노력했답니다. 더불어 자연의 소중함도 알고 일상생활에서 탄소 중립을 꾸준히 실천하는 여러분이 되었으면 좋겠습니다.

마지막으로 책이 나오기까지 영감을 주신 송민호 교수님, 조용우 이사님, 많은 도움을 주신 박기철 박사님, 김선재 박사님께 감사드립니다.

-탄소 중립으로 지구를 살리는 아이들을 응원하며,

다온샘, 용용샘, 몽몽샘